밥을 기억하는 책

밥을 기억하는 책

윤혜선

저자의 말

1. 공룡 코딱지와 꽃대스트

웹의 자기 소개란에 Boss of Dino's Bugger라고 적던 때가 있었다. 공룡 코딱지 만한 교습소의 원장이라는 뜻인데, 생각보다 많은 사람이 내가 햄버거 가게를 하는 줄 알았다. 내가 어떤 사람인지 덜 오해하도록 이해를 돕는 게 양심적인 일이라 여겨져 자기소개를 바꿨다. 그래서 한글로 바꾼 게 꽃대스트다. 내가 만든 말인데, 의미를 풀어보자면, 꽃대스트는 꽃대를 밀어 올리는 사람이다. 꽃을 이미 피워버린 사람이 아니라 꽃을 피우려고 꽃대를 밀어 올리는 중인 사람, 성장 중인 사람, 건강한 사람, 노력하는 사람, 싱그러운 에너지를 지닌 사람. 나는 그런 사람이 되고 싶다.

그리고 더 나아가 깜깜한 밤일수록 반짝반짝 빛이 나는 사람, 환하게 웃어서 봄을 불러 오는 사람. 나는 그런 사람이 되고 싶다.

그런 사람이 되고 싶은 마음은 본디 내 것이 아닐 것이라는 생각을 자주 한다. 나를 먹여주고 키워준 부모님이 주신 마음, 내 아이들과 내 안위를 걱정하고 챙겨주는 동생들이 준 마음, 지켜내고 싶고 더 잘해 주고 싶은 우리 아이들이 쑥쑥 키워준 마음, 나와 함께 밥을 먹어준 따스한 햇볕 같은 사람들, 시원한 바람 같은 사람들이 안겨준 마음이라고 생각한다.

이 책은 그 귀한 사람들에 대한 기록이자, 그들에게 감사를 전하는 마음이자, 그들을 향한 그리움이자, 나의 치부와 눈물에 대한 고백이다.

이상하게도 고백은 힘을 가지고 있으니까. 그리고 그 힘은 세니까 이 책을 읽는 고마운 당신의 밥이 더욱 맛있어지길, 당신의 속이 더욱 든든해지길, 나는 소망한다.

2. 별이 빛날 땐, 밤. 당신이 웃을 땐, 봄

후배가 호프집을 차렸다. 원래 직업은 사회복지사인데, 주경야경의 마음으로 낮에는 출근해서 일하고 저녁엔 퇴근해서 일한단다. 그냥 한번쯤은 해보고 싶었던 거라 수익 생각 않고 한다고 했다. 자기가 차린 곳은 대학교 근처고, 학생들 돈 없으니까 싸게 판다고 했다. 커다란 피처 하나를 만원에 판다던가…….

걱정스러운 마음에 대학 후배들과 주말에 찾아갔었다. 갔더니, 그 애가 보드카가 아닌 보드마카를 주며 온 김에 벽에 뭐라도 쓰고 가라고 했다. 벽에는 이미 낙서가 많았다.

주경으로 번 돈을 건물주에게 월세를 내는 것으로 또 하나의 사회복지를 실천하는 그 애의 호프집 벽에 "별이 빛날 땐, 밤. 당신이 웃을 땐, 봄"이라고 써두고 왔다.

나는 그 말이 참 좋다. 어디서 통째로 들은 건지 아니면, 어디서 들은 걸 내가 편집하고 응용한 건지는 기억이 확실치 않은데, 새로운 일을 시작한 누군가가 보드마카를 내밀며 뭘 써달라고 할 때면, 책 선물을 할 때면, 저 말을 꼭 써준다.

"별이 빛날 땐 밤. 당신이 웃을 땐 봄."

3. 고마운 나의 벤야민들에게

원고를 읽은 친구 G가 읽다가 울었는데, 울어서 좋았다고 했다. 우는 건 좋은 일이 아닌데 울고 나서 좋았다 고마웠다 하다니. 그러나, 그게 무슨 말인지 알 것 같았다. 나도 책을 읽으며 지난한 시간을 견디기도 했고, 책 속 작가의 고백에 위로를 받기도 했으니까 말이다. 한 사람의 고백은 그것을 읽는 사람에게 위로가 된다. G 덕분에 더욱 용기를 낼 수 있었다.

내 이야기를 세상에 내놓는 일이 범죄자가 경찰서에 찾아가 자백을 하는 일인 듯 무거웠었다. 내가 지금 넉넉하고 아름답게 잘 살고 있는 게 아닌데 하는 자기반성 때문에 힘들었고, 후르륵 한 번에 내리긋듯 쓴 글들을 교정하는 일은 고통스러웠다. 교정 작업은 처음 마구 쓸 때의 아팠던 일들, 고마웠던 일들, 그리운 일들이 고스란히 살아와 다시 그 감정 속으로 걸어 들어가는 일들이었다. 시간이 지났다고 끝난 게 아닌 일들이 있구나, 그것은 현재이기도 하구나 하고 여러 번 아팠었다. 그러나 그 시간을 지나오자 조금은 덜 부끄러운 사람이 된 것 같아 기쁘다.

> "천사는 머물고 싶어 하고 죽은 자들을 불러일으키고 또 산산이 부서진 것을 모아서 다시 결합하고 싶어 한다. 그러나 천국에서 폭풍이 불어오고 있고 이 폭풍은 그의 날개를 꼼짝달싹 못하게 할 정도로 거세게 불어오기 때문에 천사는 날개를 접을 수도 없다. 이 폭풍은 그가 등을 돌리고 있는 미래 쪽을 향하여 간단없이 그를 떠밀고 있으며, 반면 그의 앞에 쌓이는 잔해의 더미는 하늘까지 치솟고 있다. 우리가 진보라고 일컫는 것은 바로 이러한 폭풍을 두고 하는 말이다. _ 발터 벤야민

어쩌면 나는 머물고 싶어 하고 죽은 자를 불러 일으키고 산산이 부서진 것을 모아서 다시 결합하고 싶었는지도 모른다. 천국에서 불어오는 폭풍이 되어주신 고마운 분들이 있다. 나를 미래 쪽으로 밀어주신 분들이 있다. 감사드린다. 나를 떠민 가장 강력한 폭풍이자 나와 사느라 고생중인 아들들에게도 깊은 감사를 전한다.

그대들이 나의 진보다.

그리고 무엇보다 지면을 내어주고 오랜 시간 기다려준 글항아리 출판사에 감사드린다. 글항아리의 단단하고 정갈한 책들 중 한 권이 『밥을 기억하는 책』이 되어서 기쁘다. 중간 중간 피드백과 하나하나 정성 담아 그려주신 다정하고 단정한 삽화에 감사드린다. 삽화의 삼각김밥에 달린 눈알을 보고 귀여워서 혼자 막 웃었다.

읽어주셔서 감사드린다. 당신, 나의 발터 벤야민.

꽃대스트 혜선

2019년 1월

차례

연어초밥

Love and reason do not go together

사랑에는 이유가 없어요

지인들은 아는 중요한 사실 중 하나는 준우가 그림을 잘 그린다는 것이다. 내 그림을 본 사람들은 준우가 엄마 솜씨를 닮았다고 입을 모은다. 어쩌면 그럴지도 모르겠다. 초등학교에 입학해 학년이 바뀌고 담임이 바뀔 때마다 미술 전공하는 게 좋겠다는 이야기를 들었으니까.

그러나, 전남편도 만화 캐릭터를 보고 그대로 따라 그리는 능력이 있었고, 아이들 삼촌은 미술 전공해서 도예과를 나왔으니 어쩌면 나를 닮은 게 아니라 아빠 쪽을 닮은 건지도 모르겠다. 누구를 닮았건 중요한 건 준우뿐만 아니라 우리 아이들이 비교적 그림을 잘 그린다는 사실이다.

준서는 그림 그리기를 넘어, 만들기를 하면 사람들이 모두 깜짝 놀랄 만큼 잘 한다. 사물의 입체적 특징을 포착하고 표현하는 데 타고난 재능이 있는 것 같다. 준서가 어릴 때 유치원에서 엄마와 함께하는 도자기 마을 체험을 간 적이 있었다. 모두들 긴 줄을 만들어 쌓아 올려 컵을 만드는데, 준서는 달랐다. 아이의 손끝에서는 컵이 아닌 나뭇잎과 달팽이가 태어났다. 나뭇잎 두 장이 서로 어긋나게 겹친 것을 만들더니 그 위에 달팽이 한 마리를 만들어 올렸다. 그리고 그것들이 올라갈 접시를 만들었다. 아이들이 그날 배운 것은 접시 만들기와 컵 만들기였고, 접시나 컵 뒷면에 이름을 써서 제출하면 도예촌에서 유약 발라 구운 뒤에 유치원으로 배송해주는 프로그램이었다.

긴 지렁이처럼 줄을 만들고, 그 줄을 돌돌 말아 접시나 컵을 만드는 것을 앞에서 도예교사가 시범을 보였고 아이들은 따라 만들었다. 준서는 의무사항 중 하나인 접시를 만들긴 만들되 그 위에 올라갈 장식품까지 만든 것이다. 준서가 어릴 땐 주로 군부대가 시골에 있었으니 우리는 달팽이나 도마뱀 등을 흔히 보며 살았다. 다 만든 것을 제출하려고 준서 곁을 지나던 사람들이 준서의 작품을 보고 모두 감탄했다.

"어머나 세상에, 너무 잘 만들었다!"

그러자 준서 담임교사가 이런 말을 했다.

"아무래도 늦게 제출하다보니 남의 것을 보고 따라한 것 같다"고.

주위를 둘러보았다. 아무도 없었다. 나뭇잎이나 달팽이를 만든 아이는.

준서는 그토록 선생님 복이 없는 아이였다. 어린이집에서부터 학교에 이르기까지 준서를 구박하지 않았던 선생님은 딱 세 분 꼽는다. (그중 한 분은 준서의 따뜻한 마음과 준서의 창의성과 논리성을 아주 귀하게 여겨주셨고 우리가 이사할 때 아이스크림을 한 봉지 가득 사오셔서 이삿짐 하는 분들과 동네 분들 모두 잘 나눠 먹은 기억도 있다.) 공교육에는 학원에서 처럼 교사를 선택할 수 없으므로 운에 맡겨야 한다. 아이의 1년이, 아이의 12년이 순전히 운에 맡겨져야 하는 것이다. 올해 담임교사가 준서의 짓궂은 장난들에 욱하고 화를 내지 않기를, 올해 담임교사가 준서의 수학 학습능력에 대해 구박하지 않기를, 올해의 담임교사가 준서의 산만함에 지혜롭게 대처해주기를. 올해의 담임교사가 준서의 따스한 마음을 알아봐주기를. 올해의 담임교사가 준서의 불안함을 알아봐주고 가여운 마음을 가져주기를. 올해의 담임교사가 준서의 수다스러움보다는 창의력에 더 관심을 가져주기를. 학년이 바뀔 때마다 얼마나 기도를 했던지. 그런 무릎 꿇는 시간들에도 불구하고 담임교사의 소명의식과 윤리의식을 의심할 수밖에 없는 일들이 일어날 때마다, 나는 좌절했다. 내 기도가 부족했던 것은 아닌가 자책하고, 왜 눈 밖에 나는 걸 알면서 충동이 억제가 안 되나 아이를 원망하고 슬퍼했다.

준서는 새로 산 내복이 너무 편하고 예쁘다며(순면에 고무 허리라구요, 이런 완벽한 옷을 보았나요!) 다른 사람 시선에 아랑곳하지 않고 유치원에 그걸 한 벌로 입고 가던 아이였고, 비가 오지 않아도 장화를 신고 싶어 했고, (장화는 천하무적이잖아요, 풀밭이건 물웅덩이건 용감하게 들어 갈 수 있지요!), 한쪽 팔은 보라색이고 한쪽 팔은 핑크색인 옷을 사랑한 소년이었고 (왜 남자 아이들은 자랄수록 검은색, 파랑색 옷만 입는지 모르겠어요. 보라색, 분홍색이 얼마나 예쁜 색이

냐구요!), 소화기의 작동원리가 궁금해서 교실 바닥에 소화기를 난사한 아이였고 (직접 뿌려보지 않으면 어떻게 아냐고요!), 첫 스마트폰으로 엄마가 소니 엑스페리아를 사주자, 음악 듣는 게 너무 좋아서 폰을 사랑하게 된 나머지, 엄마의 안경닦이를 잘라서 자기 손가락에 끼울 수 있게 실로 꿰맨 다음 액정 폰 닦이로 쓰던 아이였고 (엄마, 엄마! 내 손에 딱 맞아요, 이것 보세요!), 엄마가 김치볶음밥을 해주면 그것이 성에 차지 않아 거기에 치즈를 얹어 전자레인지에 돌려서 먹던 아이였다. (엄만, 하나만 알고 둘은 모르셔!)

녀석은 편도가 커서 자주 열이 나던 아이였고, 아픈 아이가 가여워서, 뭐가 먹고 싶니? 하고 물으면 다른 아이들이 흔히 말하는 피자나 아이스크림이 아니라, 사골곰국이나 회 초밥을 말하던 아이였다. 꼬맹이가 종일 아파 끙끙 앓고 나서 먹고 싶은 것이 (짜장면이 아닌) 곰국과 (유부초밥도 아닌) 회 초밥이라니. 준서는 그런 아이였다. 준서는 준서였다.

곰국은 시간이 오래 걸려서 영육간의 강건을 위하야, 신혼 초에 몇 번 하다가 아예 안하게 된 음식 중 하나이고, 회 초밥은 마트에 가면 개당 포장된 걸 사오거나, 아니면 아이들과 시내 식당에 가면 종종 사먹던 음식인데, 회 초밥을 신선하고 저렴하게 많이 먹는 가장 좋은 방법은 역시 집에서 만들어 먹는 방법이었다.

초밥을 만들 때 가장 중요한 건 단촛물과 밥이다. 밥을 고슬고슬하게 지은 뒤 뜨거운 상태에서 단촛물을 넣고 섞어준다. 밥을 왜 고슬하게 짓는 게 좋냐면 배합초라는 액체가 또 첨가될 텐데 밥이 질척하면 좋지 않다. 한 번 폭망해본 적이 있어서 안다. 밥과 단촛물 배합 비율은 밥 한 공기당, 식초 3큰술, 설탕 2큰술, 소금 반 큰술이 좋다. 3대 2대 1로 쭉 알고 살다가 한 명석한 자가 알려준 대로 소금 양을 확 줄이자 주재료의 맛이 확 살아 깜짝 놀랐던 기억이 난다. 맛있어서 놀라고 막 그랬었다. 내가 낚싯대를 매고 바다에 나아가 활어를 잡아다가 회를 뜰 게 아닌 이상은 회 초밥의 재료로는 연어가 좋겠다. 아니 사실, 연어는 비싼 아이답게 준서가 최고로 좋아하는 생선이다. 또 남는 연어는 샐러드로 해먹을 수도 있고, 덮밥으로 만들 수도 있고, 구워 먹을 수도 있어서 좋다. 알맞은 크기로 자른 연어를 동그랗게 말아 쥔 초밥 위에 올린다. 양파를 채쳐 물에 담가 매운 기운을 뺀 후 연어 위에 케이프와 함께 올려도 좋다. 그러나 연어만 올리는 것도 괜찮다. 종지에 간장을 담고 종지 테두리에 와사비를 조금 짜서 섞을 사람은 섞고 싫은 사람은 섞지 않을 선택권을 준다. 예쁜 접시에 정갈하게 놓인 붉은 초밥과 각 사람 앞에 놓인 까만 간장종지. 예쁘다.

초밥은 재료가 비싸고 자주 해 먹지 않아서 그렇지 김밥보다 쉽고 볶음밥보다 쉽다. 구절판이나 잡채보다 쉽고 먹는 사람이 대접받는 느낌을 준다. 요즘 장남은 담배와 술 문제, 학업 문제로 또 나와 자주 다투고 있는데 (세상에, 공부고 뭐고 남자 옷 쇼핑몰을 하고 싶으시다고 합니다. 제 아들이 아닌 것 같습니다.) 잔뜩 먹여놓고 이야기를 좀 나눠봐야겠다.

나는 항상 녀석의 시간과 몸과 녀석의 재능과 따스한 마음이 망가지는 것은 아닌지 걱정된다. 나는 녀석이 아까워 죽겠다. 너무 아까울 땐 속이 상해서 배까지 쿡쿡 아프다. 속이 상하지 않으려면 내가 넉넉하게 녀석을 이해하고 품어줘야 하는데, 나는 자꾸 다치지 않으려 외면하고 도망가려고 해서 서로 더 다친다. 감당할 능력이 안 되는 건 아닌지 하는, 아니 사실은 감당할 능력이 안 된다는 자각이 자꾸만 나를 아프게 하니까 생각하지 않으려고 도망을 다닌다.

아이는 믿어주기만 하면 된다는데, 왜 준서에게만 잔소리가 길어지나, 왜 준서에게만 외면이라는 것을 하게 되나.

내 못남 때문에 아이가 더 작아지고 다치는 것은 아닌지. 아파하면서도 바뀌기 힘든 나는 사실 내가 부끄럽기만 하다.

사랑은 네가 가나다라의 행동을 했으니, 내가 너에게 가나다라의 상을 주지, 하고 논리적으로 따지고 수학적으로 계산하는 일이 아닌데, 작고 좁은 내가 부끄럽다.

준우 얘기를 쓰려다 준서 얘기를 쓰게 된 건지, 준서 얘기를 하려고 준우 얘기를 한 건지, 아니면 준서 이야길 하려다 내 얘길 해버린 건지 모르겠다.

하긴, 우린 모두 연결되어 있으니까. 내가 연어초밥을 만들면 한 아이만 먹는 건 아니니까.

내가 당신에게 불퉁거리고
애틋하게 사랑하는 것처럼 보이지 않더라도
당신이 아프면 나도 아픕니다. 당신이 불행한 만큼, 내가 꼭 그만큼 불행합니다.
당신이 건강하고 행복했으면 좋겠습니다,
준서.

티라미슈

Let there be you. Let there be me

그대가, 또 내가 있을 곳은

세상의 모든 부부는 전생에 부모 자식 간이 아니었을까 하는 생각을 한다.

괴담 혹은 미담처럼 전해져오는 전생에 원수지간이었다는 이야기는 그저 담談일 뿐이라는 생각을 한다. (혜선 박사님의 깜찍한 주장되시겠다. 흠흠.)

한 남자를 만나고, 한 여자를 만나 사랑을 하고 결혼을 하고 함께 생활하다보면,

인생이 참으로 길고 길구나라는 생각을 하게 된다.

일부일처제는 그래서 때로 괴롭다.

아닌 게 아니라 고구려시대, 조선시대와 달리 실제로 우리의 생은 길어지기도 길어졌다.

(웃긴 건 현대인보다 더 짧게 산 그들도 정인이 딱 하나 있었던 것은 아니라는 것.)

나는 한 남자를 사랑했었고 그래서 그와 결혼했었다. 7년이라는 시간이 흘러, 인간에 대한 배신감으로 치를 떨며 이혼했다. 그가 외도를 해서 배신감을 느낀 것이 아니라, 결혼 전에는 전혀 몰랐던 그의 내면의 바닥, 나의 내면의 바닥을 보며 인간에 대한 환멸을 느꼈다. 그토록 사랑하고 아껴주던, 잠시도 떨어져 있기가 싫던 사람이 무섭고 가엾고 싫었다. 그와 함께 있을 땐 내가 천사가 된 듯 착한 마음이 들던 기억들이 모두 진흙탕에 뒹굴었다. 소중하게 느끼던 가치들이 의미를 잃었다. 가족, 행복, 건강, 사랑과 같은 가치들이 모두 시궁창에 처박혔다. 처참했다. 믿기 힘든 사실이었다.

그는 고치기 힘든 마음의 병이 있었고, 그것은 아이들에게 학습될 수 있는 것이었다. 정신과 의사는 이혼을 권했다. "아이들을 위해서 참는다고 생각하지 마세요. 어머니가 참으시면, 아이들은 아, 여자는 저래도 참는구나, 하는 것 또한 학습합니다. 아이들을 위해서 참고 사는 것이 아니라 아이들을 위해 이혼하는 것이 옳은 선택입니다." 충격이었다. 아이들을 위해서 참아야 한다고 생각했는데, 아이들을 위해서 이혼하는 것이 옳은 일인 것이다. 학과 달리 습은 마음먹는다고 내게 스미지 않는 것이 아니니까 말이다.

내게 다른 선택의 여지는 없었다. 아버지는 허락할 수 없다고 하셨다. 그러나, 나 편하려고 하는 이혼이 아니었으므로, 나는 아버지의 뜻을 거스를 수밖에 없었다.

아이들이 그를 보고 배우지 않으려면 그에게서 양육비가 오지 않아도 내가 키우는 게 옳은 일이었다. 내가 애들 없이 살 수 없는 사람이었다 할지라도 만약 아이들이 그에게서 자라는 것이 내게서 자라는 것보다 더 이로운 일이었다면 나는 그 길을 선택했을 것이다.

전업주부였던 사람이 아이 셋을 키우며 돈을 버는 일은 물론 쉽지 않았다. 아이 셋의 엄마는 시간적인 면에서 일단 엄청난 제약을 받는다. 출퇴근 시간이 아이의 등하원 시간에 피해를 준다면 그일은 할 수 없다. 고민 끝에 영어선생님을 하기로 했다. 내가 가장 잘 했던 건 영어니까. (밥 빼고!) 나는 고등학교 때, 영어선생님이 따로 불러서 미리 두 학년 위의 문제집을 주시곤 했을 만큼 영어를 잘했었다. 금오산이나 거리에서 외국인을 우연히 만나면 그냥 대화를 했다. 별로 어렵지 않은 내용이기도 했지만 외국인과의 대화에 별 두려움이 없었다. 그땐 그랬다. 그땐 그랬지만, 고3 이후로 영어공부를 한 적이 없으므로 내 영어

실력에는 엄청난 녹이 슬어 있었다. 게다가 아이를 키운다는 건 때로 내 나이와 내 이름과 내 생일을 잊게 만들만큼 정신없는 일이었으니, "program"에 "e"가 붙을까 어떨까를 누가 물으면 멍하게 생각을 해봐야 할 정도였다. 처음부터 다시 배우는 마음으로 인근 국립대에서 영어지도사 과정을 들었다. 막내가 14개월인 때부터 전남편과 따로 살기 시작했으므로 갓 돌 지난 아이를 어린이집에 맡겨야 했다. 밤새 막내가 열이 나서 보채서 나도 날밤을 지샜어도, 다음날이 장남 소풍날이면 신새벽에 일어나 김밥을 싸야 했어도 과제를 해 갔다. 코피 흘리던 시간들. 그 육체적, 정신적 고통이 가득하던 시간들이 지나 내 손에는 영어지도사 자격증이 쥐어졌다. 그 자격증을 들고 나는 취업했다. 지금 생각하면 그게 뭐라고 싶기도 하지만, 폐허 위에 선 이혼녀에게는 그것이 자존의 증명이었다. 주 3일은 밤 10시가 되어야 마치는 입시학원에 나갔고, 나머지 이틀은 과외를 했다. 입시학원에서 나온 후 한 초등학교 방과 후 교사로 일하고 나머지 날에는 집에서 과외 식으로 공부방을 했다. 이건 전생처럼 아득하던 시절의 이야기다. 공부방을 하다가 한계를 느껴 학원을 차리게 되었다. 처음부터 아는 게 많고 처음부터 밑천이 빵빵해서 영어 학원을 시작한 게 아니었다. 육체적으로도 정신적으로도 경제적으로도 너무 힘든 시간들이었지만, 벽돌을 다시 하나 하나 쌓으며 언젠가 아이들 창가에 예쁜 커텐을 달아 줘야지. 희망하던 시절이었다. 아이들에게 아버지 없는 가정이 되어버려서 미안한 마음에 또 더욱 힘들었지만, 그 시간들을 통해 나는 많이 자랐다고 생각한다.

나는 연애와 결혼 그리고 이혼을 통해 전보다 조금 더 나은 인간이 될 수 있었다. 이런 내 취향이 결혼 전과 같을 리가 있겠는가. 같을 수가 없다고 본다.

꼭 이혼을 하는 것이 아니라도, 사람은 결혼생활을 통해 엄청나게 성장한다. 자신만 알아도 큰 지장 없던 자리에서 남을 알아야 하고 남의 가족까지 알아야 하는 자리에 놓이고야 마는 것이다. 허기와 배설, 돈과 노동, 시간과 공간을 공유함으로써 완전한 가족이 되는 것이다. 많은 부부가 그 과정에서 연애의 감정을 상실하게 된다. 가슴 설레던 연인은 그야말로 실망과 고마움과 원망과 익숙함과 미안함이 섞인 가족, 즉 나와 한 팀이 되는 것이다.

다시 말해, 자녀와 배우자는 같은 자격을 갖게 된다. 친구 혹은 팀원.

팀원은 그렇다. 내가 살아가는 데 있어서 에너지이기는 하지만, 설렘의 대상은 아닌 것이다. 종일 머릿속을 맴돌며 실실 웃게 만드는 존재는 아닌 것이다. (종일 심장을 쥐어뜯는 듯 미치게 아픈 존재는 될 수 있겠지만.)

팀원으로써의 역할은 내가 인생이라는 산을 오르는 데 있어 협력의 대상인 것이다.

결혼 전보다 성숙해진 안목을 가진 나는 취향 또한 바뀐다. 아름다운 외모나 지적인 면에서 끌렸던 안목은 보다 배려 깊고 방대한 줄기로 펴져 나가는 즐거운 대화를 하는 사람, 함께 있을 때 영혼이 짜르르하게 따스한 사람, 그리하여 성적으로도 즐거운 사람, 몸도 마음도 맞을 수 있는 사람으로 바뀐다.

아이가 자라, 아버지와 어머니를 떠나듯, 그렇게.

때로, 배우자는 영혼의 짝을 만날 수 있게 성장시키고 도와주는 부모의 역할을 본의 아니게 하게 되는 이유가 그것이다. 하여, 소울메이트는 결혼 후에야 만나게 되는 경우도 많은 듯하다. (그래서 결혼'서약'으로 둘을 꽁꽁 묶어 두는 걸지도.)

얼마 전에 본, 「카페 드 플로르」라는 영화는 그래서 너무나 아팠다. 전생의 엄마가 현생에선 아내가 된다. 전생의 아들이 현생에서 남편이 된다. 이 영화에서는 사랑하는 남편이 내내 자신의 완벽한 짝이라 믿었던 믿음이 깨지면서, 전생에 자신이 억지로 갈라놓은 아들과 여자친구가 현생의 남편이 외도를 통해 만나는 과정을 보여준다. 그것을 강한 통증으로 인정하는 여자의 모습을 보여준다. 남편이 자신보다 어리고 아름다운 여자를 만나 웃고 있는 것을 바라봐야 하는 여자. 그러나 그 고통 속에서도 모든 것을 품는 그녀의 깊이와 넉넉함에 묵직한 여운을 주는 영화다.

연애와 결혼과 이혼을 겪은 후에도 나는 아직 솔 메이트를 만나지 못했다. 만약 억세게 운이 좋아 솔 메이트를 만나게 된다면 같이 먹고 싶은 음식이 있다. 그건 바로 내가 만든 티라미슈.

한국 사람임에도 김치찌개, 된장찌개가 아니라 미안하지만, 그렇다. 솔 메이트라는 게 티라미슈 같은 거다. 쉽게 만나긴 어렵지만 세상에 있긴 있는 것. 꼭 우리나라 음식이란 법도 없는 것. 어쩌다 카페에서 먹은 티라미슈는 너무나 맛이 없는 것. 내가 큰마음을 짜내 재료를 준비하고 기회를 만들어 먹는 것. 세상에서 가장 맛있는 것. 그런 게 바로 티라미슈다.

다이제스티브라는 과자가 있다. 과자 3개를 비닐 팩에 넣고 으깬다. 글라스락 네모진데다 분무기로 물을 뿌리고 종이호일을 깐다. 그래야 나중에 떼어내기 좋다. 그리고 과자 으깬 걸 담는다. 또 분무한다. 물 35미리에 젤라틴 7그램을 섞는다. 전자레인지에 10초 돌린다. 생크림 300밀리미터에 설탕 30그램을 넣고 휘핑한다. (마트에 가면 설탕이 미리 섞인 크림도 있는데 그냥 그걸 사서 써도 된다.) 마스카포네 치즈 250그램에 설탕 10그램을 넣고 젤라틴을 넣고 섞는다. 여기에 주걱으로 휘핑크림을 섞는다. 그 휘핑크림을 과자 깐 데다 덮는다. 여기에 더치커피나 에스프레소에 적신 다이제스티브를 보도블록 깔듯이 깐다. 위에 다시 휘핑을 덮는다. 냉동실에서 굳힌다. 그 위에 발로나 초코파우더를 체에 받쳐서 뿌린다.

복잡하다고? 아, 그럼 쉬울 줄 알았나. 솔 메이트 만나기 어렵다. 아 참, 그런데 말이다. 지금 자신의

배우자가 진정한 솔 메이트일 가능성도 있다. 하하!

돼지 불고기

Man is born to live, not to prepare to life
사람은 살려고 태어나는 것이지,
인생을 준비하려고 태어나는 것이 아니다

엄마에게서 전화가 왔다. 내일 부석 고모부 생신이니 애들이랑 다 같이 부석에 가자는 것이었다. 나는 내일 선약이 있고 애들은 나 없이 낯선 고모할아버지 댁을 갈 것 같지가 않았다. 하루 전에 알려준 건 엄마 탓 혹은 고모 탓이겠지만, 일이 있어서 못가겠다고 말하고 나니 맘이 편치 않았다. 생각다 못해 비누꽃 화분을 만들었다. 아는 사람은 알겠지만 나는 비누꽃 화분을 종종 만든다. 화분의 꽃들을 동그란 구의 형태로 만드는 것이 참 중요한데 이건 타고난 미적 감각이 있어야 가능하다. 흠흠. 지사에서 여러 원장님과 같이 배울 수 있는 기회를 만들어줘서 그

때 배웠다. 지사장님이 강사 선생님께 가장 잘 만든 분을 뽑으라고 하자 날 뽑아주셔서 내가 부상으로 텀블러 4개까지 받은 바 있으니, 공인된 솜씨라 할 만하다. 그때 잘 배워둔 재주로 고마운 분들에게 가끔 선물하곤 한다. 받은 분들은 너무 예쁘고 향긋하다고 좋아들 해주신다.

형들은 공사가 다망하니, 공사가 가장 다망하지 않은 우리 집 막내 송준우 씨께서 오늘은 날 도왔다. 꽃대에 꽃을 꽂아 주고 고모할아버지께 손 편지를 쓴 것이다. 칠순 축하드린다고 쓰라고 내용을 몇 개 일러주자, 자기 마음에 들게 조금씩 바꿔가며 편지를 썼다. 처음엔 편지쓰기를 귀찮아했지만, 고모할아버지께는 손자가 없으셔, 하고 알려줬더니 마음이 흔들려서 편지를 썼다.

"왜 손자가 없어요?" 하고 묻기에 그 사연을 들려주자 아이는 슬퍼했고 조금은 숙연한 마음으로 편지를 쓰는 것 같았다. 편지를 쓰고 나더니, "엄마, 제가 내일 갈까요?" 하고 물어왔다. 착하고 따스한 녀석 같으니. 통통하고 하얀 강아지 같은 녀석이 어른들 잔치에 가면 대화에 물기가 생기고 생기가 돈다는 것을 알지만 책임을 지우는 듯해서, 굳이 그럴 필요는 없다고 대답해줬다. 녀석의 마음을 움직인 사연은 이렇다.

20여 년 전, 물에 빠진 형을 구하고자 한 소년이 뛰어든 일이 있었다. 그날, 형은 살고 동생은 죽었다. 제 동생과 사람들의 도움으로 살아난 내 사촌동생은 지체 장애가 있다. 부석에서 가끔 우리 집으로 놀러오면 아이가 문득 사라져 온 식구가 이 아이를 찾으러 동네를 구석구석 뒤지면서 대식아, 대식아! 부르고 다녀야 했다. 내 기억 속 봉화읍 포저리의 작은 골목들은 대식이를 찾아 부르던 날의 저녁빛과 맞물려 있다. 누가 납치라도 해갔으면 어쩌나, 어디 구석에서 무섭다고 울고 있으면 어쩌나. 마음 졸이던 시간들이 그 골목의 울퉁불퉁하던 벽과 함께 기억에 박혀 있다. 녀석은 한글을 떼는 데에도 어려움이 있었다. 디귿 리을은 좌우를 뒤집어서 쓰고, 받아쓰기나 기초 연산이 안됐다. 당연한 듯 동네 아이들의 놀림감이 되었다. 그날 제 형을 살려놓고 죽은 아이는 형과는 반대로 알아주는 수재였다. 숱이 짙은 눈썹과 새카맣고 반짝이는 눈을 가진 영특한 아이였다. 녀석은 제 형 놀려먹는 애들은 다 패줬다. 엉엉 울면서 팼다. 난 그걸 봐서 안다. 고집은 세지만 여리던 그 아이가 제 형의 뒤를 챙기고, 형의 숙제까지 봐주던 모습을. 그 아이가 삼키던 맑은 눈물을 보았다. 그렇게 차돌 같은 녀석의 여드름도 변성기도 보고 듣지 못한 채, 아직 어린 소년이던 자식을 떠나보낸 고모와 고모부의 심정이 어땠을까.

몇 해 전이던가, 환갑날 본 고모는 빛깔 고운 사과처럼 곱게

늙어 있었다. 사과농사를 지어서 그런지 고모의 쪼글쪼글해진 윗입술도 사과 같고 할머니를 닮아 볼록한 광대뼈도 사과알 같고, 엄마가 손뜨개해서 선물한 빨간 가디건을 입고 웃는 모습도 사과 같았다.

고모에게는 공부시킬 자식도 없고, 장가를 보낼 자식도 없는데 고모는 자꾸만 일을 한다. 고모는 학교에 봉사를 나가고, 교회에도 봉사를 나가고, 농사일은 또 농사일대로 다 하며 그 가느다란 손이 다 곱았다. 머리가 벗겨진 고모부는 담배를 피워 물며, 고모가 몸을 아끼지 않는다며 속이 상한다고 했다. 다 소용없다고. 본인 몸 상하면 죄다 무슨 소용이여. 그런 이야기 끝이었을까 갑자기 고모부가 벌떡 일어나서 거실에서 나가버리셨다. 나는 고모부가 역정이 나서 그런 건가 했는데, 눈물을 훔치러 나간 것이었다. 아내의 생일날, 아내의 형제들이 모여서 다 같이 아내가 내어온 과일을 먹는데, 문득 아내가 가여워진 고모부. 고집불통처럼 보이지만 알고 보면 누구보다 여렸던, 영원히 소년일, 내 사촌동생이 꼭 닮은 아버지였던 것이다.

나는 그날 고모에게서 많은 것을 받아왔다. 고모는 우리 차가 출발하려고 하자 허겁지겁 싸 보낼 것들을 내왔다. 배추를 잔뜩 넣은 자루, 무를 잔뜩 넣은 자루, 사과즙 한 박스, 사과 한 상자까지 트렁크에 쟁이고는 작은 항아리를 하나 내오더니 그것도 차에 실었다. 고추장이라고 했다. 고추장 단지까지 싣자 이제야

다 끝났다는 듯 고모가 웃었다. 어휴. 다 퍼주고도 저렇게 활짝 웃는 할머니라니.

고추장을 넣은 음식 중에 내가 가장 잘하는 건 돼지 불고기다. 예전에 손님 초대를 많이 하던 군인 가족으로 살 때 시험 공부하듯 외워서 익힌 요리법 중 하나다. 바로 『김수미의 전라도 음식이야기』에서 배운 요리법이다. 삼겹살 200그램, 목살 200그램, 전지 200그램. 고추장 3큰술, 고춧가루 2큰술, 마늘 댓개 다진 것, 생강 엄지손톱만한 것, 후춧가루, 통깨, 대파 한 뿌리 어슷 썬 걸 넣고 한데 버무려 한 시간 정도 재운다. 잘 달궈진 팬에 굽는다. 이렇게 구워낸 불고기는 다른 어떤 식당에서보다, 심지어는 엄마가 해준 것보다도 훨씬 맛있다. 어른이건 아이건 맛있다!를 연발하며 먹고, 조금이라도 요리에 관심 있는 어른은 남녀를 떠나 내게 어떻게 만들었냐고 묻기 마련이다.

나는 한때 서점에 가면 심각한 표정으로 요리책을 골라서 하나 둘 사오던 사람이었다. 지금은 요리를 자꾸 하다보니 책이 필요 없고, 그냥 머릿속에서 떠오르는 대로 맛을 상상하며 이것저것 양념을 넣지만 그때는 책도 필요했고 교자상 위에 올릴 음식을 흰 종이에 배치도까지 그리며 손님상을 준비하곤 했었다. 가운데에는 안동찜닭을 담은 오목한 접시, 그 주변으로 김치, 전, 나물반찬, 계란말이, 마른반찬 등등을 어떤 자리에 놓을지 또 밥그릇, 국그릇까지 그림으로 다 그려 놓은 후 준비했었다. 커다란 직사각 교자상을 두 개나 붙여서 사용하던 우리 집은 그때와 많이 달라졌지만, 돼지불고기만큼은 내가 어느 손님상에서든 어느 끼니에서든 쌈 야채들과 함께 즐겁게 내놓을 수 있는 음식이라고 힘주어 외칠 수 있다.

고모가 내준 귀한 고추장으로 돼지불고기를 한다. 하지감자 같은 준서와 애호박 같은 준혁이와 옥수수 알갱이 같은 준우랑 먹을 저녁을 짓는다. 손님은 없지만 식탁에 늘 나와 있는 너저분한 김자반이나 케첩 통 같은 것들을 싹 치우고, 깨끗이 닦은 다음 예쁜 접시에 담아낸다. 나는 돈도 없고 힘도 없고 지식도 없지만, 내게로 와준 너희가 새삼 고마워서 손님 대접할 때보다 더 정성껏 요리하고 차린다. 오늘만큼은 일식일찬주의와 그때그때주의에서 벗어나서 계란말이까지 한다. 매콤한 불고기와 고소하고 부드러운 계란말이는 참 잘 어울릴 것이다.

생때같은 자식을 앞세운 부모의 거대한 슬픔과, 자식을 잃고 난 후에도 먹고 자고 말하는 하루하루의 일상을 견뎌내야 하는 고통을, 나는 같은 부모라는 이름을 가졌음에도 감히 알 수가 없다. 나는 그저 허리 숙여 고추모종을 심었을 그 노부부를 생각한다. 고추모종을 심고 뙤약볕 아래에서 풀을 매던 그들의 마디가 굵어진 손가락을 생각한다. 고추를 따서 양지에 널어 말리고 하나하나 먼지를 닦아내고, 빻아 가루를 내는 그들의 눈물 같은 눈빛을 생각한다. 직접 키운 콩으로 낸 메주와 그 귀한 고춧가루를 섞어 고추장을 만드는 그분들의 노동을 생각한다. 고추장을 항아리에 담고 그 위에 손바느질한 하얀 면보를 덮고, 그 위에 다시 옹기 뚜껑을 덮는 정성을 생각한다. 그리고 그것을 맛있게 익혔다가 10여 년 만에 모습을 나타낸 조카에게 선뜻 안기는 그 깊이를 알 수 없는 넉넉함을 생각한다.

그분들은 이미 생에 끌려 다닌다기보다는 생을 끌고 계신 것은 아닌지. 살아지는 것인지 사는 것인지의 고민도 없이 이미 살고 계신 것은 아닌지. 나는 내 생을 끌고 다니지 못해, 그저 내 앞에 주어진 의무와 내게 주어진 아이들만 간신히 챙기는 것으로, 이 세상에서 받은 은혜를 겨우 갚는다.

달래 된장찌개

Time and tide wait for no man

시간은 우리를 기다려 주지 않아요

우리 외할머니는 우리 엄마와 평생 사이가 안 좋으셨다.

아들만 편애하셔서 공부도 외삼촌만 시키고 엄마는 평생 구박만 하셨다 한다. 게다가 엄마가 중이염으로 수술을 몇 번이나 받았는데, 그 수술을 시켜준 사람은 엄마의 부모가 아닌 엄마의 남편이었다. 엄마는 평생 잘 들리지 않는 한쪽 귀로 인한 콤플렉스에 시달렸고, 그 화살은 당연한 듯 외할머니에게로 향했다.

엄마가 마지막으로 수술대에 오르던 날, 화가 난 내 동생이 할머니에게 전화를 해서 따졌다고 했다. 어릴 때 고쳐줬어야지 왜 그대로 뒀냐고 마구 따졌다고 했다. 평생 엄마가 얼마나 힘들었겠냐고 왜 아들만 편애했냐고 막 따졌다고 했다.

할머니는 꺼억 꺼억 울면서 미안하다고 했다고 한다.

반대로 우리 친할머니는 죽을병이 걸린 아빠를 살려냈다고 했다. 아빠는 많이 아팠고 다섯 살에야 걸을 수 있었다고 했다.

아빠가 죽지 않고 살 수 있었던 것은 딸이 아니라 아들이라는 이유에서였다고 했다. 먹고 살기 힘든 시절이어서 딸이었다면 죽든 말든 방치되었을 것이라고 했다.

외할머니와 친할머니는 딸이라는 이유로, 혹은 아들이라는 이유로 자식들의 병을 고치지 않거나 고치거나 했지만, 나는 친할머니보다 외할머니가 훨씬 좋았다. 병을 고쳐주지 않았다는 이유만으로 할머니를 미워하기에 할머니는 너무 정직하게 따스한 분이었다. 할머니도 피치 못할 사정이 있었겠지. 이해하고만 싶어지는 마음이 생기는 것이었다. "활짝 핀 개망초는 대낮을 더 환하게" 하고 "기다림은 사람을 눈부시게" 한다는 문태준의 시 「개망초」와 같은 사랑스러움과 맑은 슬픔이 우리 외할머니에게는 있었다.

언젠가는 외삼촌이 무언가 큰 잘못을 해서 할머니한테 혼날까봐 줄행랑을 놓고 그 뒤를 외할머니가 작대기를 들고 부리나케 쫓아가셨다고 한다. 갑자기 앞서 가던 외삼촌이 멈춰 서더니, 할머니에게 헉헉대면서 "어무이, 바쁘면 먼저 가소!" 했다

는데, 할머니는 그 넉살에 들고 있던 작대기를 내던지고 파안대소를 했다는데, 과연 외가 분들은 모두 유머러스하고 넉넉했다. 외가에서만은 무얼 먹든, 어디서 자든 눈치가 보이지 않았고, 마음이 편안했다.

나는 어릴 때부터 충주 큰집이나 부석 고모 집이나 봉화 외갓집에 홀로 잘 맡겨졌다.

방학이면 몇 주씩 가 있곤 했다.

이유는 모르겠는데 그때는 그게 너무 당연한 것처럼 여겨졌다. 나는 가지 않겠다고 떼 쓴 적 없이 잘 맡겨져 있었다. 다행히도 나는 큰집이나 고모 집에서나 외갓집에서 사고 친 적이 없었고 어린 동생들과 잘 어울려서 놀았고, 싸들고 간 방학탐구생활과 일기 등의 숙제를 알아서 해가지고 돌아오곤 했다. (밥을 하던 큰엄마나 고모는 힘드셨겠구나.)

나는 입이 짧기로 유명한 아이였다. 고기에 비계가 붙어 있으면 손도 안 댔고, 생선도 비려서 싫어했고, 뼈에 좋다고, 먹어야 키 큰다고 먹으라고 강요당하던 멸치나 쥐포도 싫어했다. 두 끼 연속 같은 반찬이 나오는 것도 싫어했다. 그래서인지 딸 셋 중에 내가 제일 작다.

없이 살던 시절이니 당연히 내가 먹을 건 별로 없었다. 아침에 먹었던 국이 점심에도 또 나오면 그 끼니는 말없이 마가린이나 간장에 비벼 먹어버리던 아이였던 것이다.

그런 내가 몇 끼를 연속해서 같은 걸 먹어도 괜찮았던 건 외할머니 집이 유일했다. 머위나물 볶은 것, 깨순을 무친 것, 고구마줄기를 무친 것, 고등어에 무를 뚝뚝 썰어 넣어 조린 것, 고사리를 들깨에 무친 것, 냉이를 된장에 무친 것, 호박을 말려 조선간장에 볶은 호박고지나물, 무말랭이를 빨갛게 무친 것 그리고 달래를 넣은 된장찌개!

아, 이름도 모습도 동글동글 어여쁜 달래라니! 귀여운 제비꽃이 피는 봄에만 볼 수 있는 달래! 나는 할머니가 해주시는 달래를 넣은 된장찌개만은 몇 끼든 반복해서 먹을 수 있었다. (「올드보이」처럼 어딘가에 갇힌다면 내게는 제발 달래 된장찌개를 15년 동안 넣어주시길!) 할머니와 마주 앉아 똥을 뺀 커다란 멸치로 낸 육수에 직접 키운 콩을 삶고 치대 만든 메주로 만든 된장을 한 수저 푹 떠 넣고, 밭에서 갓 따온 둥근 애호박을 둥둥 썰면, 호박 테두리에 동그란 이슬이 맺히고, 나는 저 쫀득거리는 이슬을 내가 먹는구나 막 설레었다. 숟가락으로 벅벅 긁어내 껍질 벗긴 감자를 뚝뚝 썰어 넣은 된장이 부르륵 끓어오르면, 뿌리가 동그랗고 하얀 달래를 큰 칼로 서걱 서걱 소리 나게 썰어 넣으셨는데, 곁에서 구경하던 나는 기뻐서 폴짝댈 정도였다.

너무나 달고 고소하고 향긋하고 깊고 고요하며 시끌벅적한 그 맛이라니. 단순한 재료로 맛을 낸 그 찌개로 밥 한 그릇을 달게 먹는 날 보고, 엄마한테 “아가 밥만 잘 먹드만, 입 짧다고 애

흉을 보누" 하면서 말씀하시던 것도 기억난다.

마지막으로 내가 할머니 댁에 간 것은 내가 아직 어렸을 때, 방학숙제로 천자문 쓰기 등을 싸다니던 때였다. 외할머니는 내가 온다고 미리 장에 나가 흰 면으로 된 양말과 속옷을 여러 벌 사두셨다. 나는 그게 고맙고 아까워서 차곡차곡 개서 경대에 올려두고 할머니 댁에서는 입지 않았다. 집에 그대로 싸 들고 올 생각이었다. 막상 집에 와서 가방을 풀다보니 그걸 빠트리고 온 게 생각나서 허탈하고 죄송했다. 얼마나 서운하셨을까!

나는 여전히 물건을 잘 흘리고 다니고, 여전히 같은 걸 두 끼 연속해서 먹는 게 힘들고, 여전히 비계를 못 먹고, 여전히 철이 없는데, 내가 할머니 댁에 갈 때면 양말이며 속옷을 미리 사두시던 가난한 내 외할머니는 이제 이 세상에 없다. 달래가 사탕보다 달고, 호박이 초콜릿보다 달다는 것을 알려주시던 외할머니는 이제 이 세상에 없다.

집에 돌아오기 전날 뭐 빠뜨린 것 없나 하고 미리 살피고 짐을 쌀 때 서운하고 쓸쓸한 얼굴로 턱을 괴고 나 하는 냥을 바라보시던 모습. 할머니 어깨를 주무르다가 너무 딱딱한 등이 가여워서, 불룩하게 솟은 뼈의 모양이 나와 다른 게 마음이 아파서, 굵은 눈물을 뚝뚝 흘리다 갑자기 와아아앙 울어버리는 나를 돌아보시고 "허이구, 참" 하며 너털웃음을 터뜨리던 할머니는 이제 이 세상에 없다. 내가 어버이날이나 생신 때 보낸 편지를 기뻐하며 하나하나 다 보관하시던 모습, 분이 뽀얗게 오른 찐감자며, 쫀득쫀득한 옥수수며, 써걱 써걱 썰어낸 수박을 내게 권하던 모습 모두 기억나는데 이제 외할머니는 세상에 없다.

그토록 반듯반듯하게 접어둔 하얀 속옷을 경대 위에 두고 온 게 왜 집에 와서야 생각이 나는지.

나는 내가 왜 "개망초 위를 지나가는 더운 바람이요 잠자리"(「개망초」, 문태준)란 걸 몰랐던 건지.

멸치 내장을 빼고 뜨거운 팬에 볶아 비린내를 날린 후 정성껏 멸치 육수를 내고, 마트에서 사온 애호박과 감자와 달래를 넣고 할머니가 끓여주시던 맛을 내보려고 애쓴다. 할머니가 무심하게 안방에서 물건을 집듯 앞마당이며 뒷마당에서 갓 따오던 재료가 아니라서 그런지, 된장이 달라서 그런지, 달래가 봉화 명호에서 온 것이 아니라 그런지, 아니면 내게는 할머니의 말간 슬픔 이외에 다른 많은 것이 섞여 있어선지 그 맛은 여전히 쉽지 않다.

순대볶음

You don't do what you want to do, yet

당신은 몰라요. 당신이 무엇을 원하는지, 아직도

고등학교 때 난 문예부였다. 지금 생각하면 참 웃긴 노릇인 게, 도무지 거기서 문예를 한 적이 없기 때문이다. 번호 순으로 잘라 다 붙였는지, 나 말고도 문예와 별 상관이 없는 애들이 같이 문예부를 했다. (게다가 졸업사진에 보면 내가 성악부라고 되어 있는데, 이 무슨 조화이련가. 그 역시 무슨 활동을 했는지 기억이 전혀 나지 않는다.) 문예부라고 하면 그 동아리를 관리했던 선생님이 있었을 텐데 역시 기억이 나지 않는다. 성악부는 담당이 음악 선생님이었던 게 확실한데 말이다. 아무튼, 문예부에서 했다고 기억되는 유일한 활동은 시화전이다. 우리 학교는 매해 축제를 했고, 각자의 미술 작품이나 수예품, 공예품 등을 전시했다. 축제 기간 중 하루는 우리 학교에서 이른바 "논다"고 하는 애들이 밤에 무대에 올라가 댄스나 노래 공연을 했다. 교장 선생님이 훈시하고, 성적 우수상 받는 애들이나 올라가던 학교 스탠드의 그 자리가 바로 무대가 되었다. 한참 서태지가 유행하던 때라 '서태지와 여자 아이들'이 우르르 몰려나와 춤추고 노래하기도 하고, 현진영과 와와가 나오기도 했었다. 현진영은 약간 중성적인 한 학년 위의 언니가 후드티를 입고 나와 기가 막히게 흉내를 잘 내서 애들이 "언니이이! 언니이이!"를 연호하며 작정하고 혼절하고 싶어 작정한 아이들이 혼절 직전까지 갔다. 거기에서 문예부가 한 유일한 활동, 즉 시화전에 대한 기억은 이러하다. 캔버스에 창작시를 쓰고 거기에 그림을 그려서 이젤에 세워 전시하는 일이었다.

나는 이상의 『날개』를 읽고 이른바 독후시라는 것을 썼다. 그림은 미술 전공하는 친구에게 커다란 날개가 달린 소녀와 꽃의 그림을 부탁했는데, 미안하게도 어딘가 어설퍼서 쓸 수가 없었다. 나는 한숨을 쉬고는 배경을 푸르게 칠하고 그 애가 그린 그림 중에서 꽃만 잘라서 푸른 배경 위에 풀칠을 해서 붙였다. 지금 생각하면 웃음이 나온다. 그렇게 천을 대고 기운 옷 같은 형편없는 바탕 위에 검은 물감을 찍어 그림보다 더 형편없는 독후시란 것을 써서 전시를 했으니, 그 시화전의 수준이란 게 있었다면 내가 많이 깎아먹었겠다. 이른바 여고의 시화전인지라, 구미의 남고와 공고에서 우르르 구경을 왔다. 자기가 알고 지내던, 혹은 좋아하던 여자애들의 작품에는 '미니쉘'이라는 그때 한참 유행하던 초콜릿과 투명 셀로판지에 돌돌 말린 장미 한 송이를 붙이기 마련이었다. 그러므로 학부모나 그 나이 어린 방문객들이 오면 우리는 이른바 안내라는 것을 해야 했다. 여기 방명록에 이름 적어주시구요, 우측 교실부터 관람하시면 됩니다. 뭐 이런 소릴 했으리라.

그렇게 열심히 안내하고 있는 중에, 한 남학생이 불렀다. 여기 좀 와보라는 거다. 갔더니, 그 남학생의 선배쯤 되어 보이는 자가 한 시화 앞에 서서, 이 시를 좀 설명해보라는 거다.

아니, 내가 내 시도 모르겠는 판국에 남의 시를 어떻게 알고 설명을 하겠는가. 내가 우물쭈물하자, 내 명찰을 힐끗 보더니, 그럼 본인 시를 설명해보라는 거다. 내 이른바 독후시는 그 바로 옆에 떡하니 전시되어 있었다.(허이구.) 이상의 『날개』를 읽고 썼다고 하자, 그 작품을 읽고 이렇게 단 몇 줄로 표현을 하려면, 함축미가 있어야 하지 않겠냐고 물었다. 진정한 의문이라기보다는 진정으로 나무라는 태도였다. 나는 그제야 그 관람객의 눈을 똑바로 쳐다봤다. 그 애는 자신감이 넘치다 못해 오만해 보였다. 성질이 났다. 이런 무례가 어디 있나 싶었다. 맘에 안 들면 왜 와서 읽고 있냐, 얼른 니네 집에나 가라고 하고 싶었다. 그러나 따지고 싶었을 뿐이지 늘 그렇듯, 따지지는 못했다. 그 남학생은 자기네 학교 문예반 선생님은 시인이라고 했다. 그리고 자기들은 시를 체계적으로 배우고 있다고 했다. 자기네 학교 축제할 때 와서 문예반의 시를 보면 알게 될 것이라고 했다. 초대할 테니 꼭 오라고 해서 오냐, 그래 어디 얼마나 잘 썼는지 가서 봐주마! 하고 문예반 애들 몇이랑 갔었다.

그 학교의 축제일은 몹시 추운 겨울날이었다. 구미에서 유명한 공업고등학교였는데, 교실에는 기계들이 진열되어 있었다. 나는 대체 그 물건들이 어디에 쓰이는 기계들인지도 모르겠는데, 그걸 그 아이들이 만들거나 변형을 시켰거나 다루거나 하는 물건들이라고 했다. 그 물건들을 보고 있자니 내가 속한 세계와는 다른 세계, 즉 어른들의 세계, 생활의 틈새를 보는 듯한 기분이 들어서 낯설었다.

시는 벽에 걸려 있었다. 그냥 깨끗한 흰 종이에 출력된 채로 액자에 넣어져서. 어설프게 물감으로 그린 그림 따위는 보이지 않았다. 시를 하나하나 읽는데 문득 눈물이 났다. 여학교의 시화 앞에서 온갖 잰 체를 해도, 어른들만 다룰법한 기계를 다뤄도 걔들은 아직 소년이었던 것이다.

엄마가, 고향 친구가, 돌아가신 할머니가 그리운 소년들, 배가 고픈 소년들, 손가락 다쳐가며 전기와 금형이란 것을 배우는 소년들이었다. 한껏 무시당했던 우리와 한껏 뻐겨대던 걔들은 그 후에도 몇 번의 교류가 있었다. 문예부와 문예부가 만나면 문예를 해야 하는데, 주로 무언가를 먹었던 것 같다. 아니면 문예를 했는데 내가 기억을 못하는 것일 수도 있다. 가끔 만나면 시내의 맛사랑이라는 분식점에 가서 우동을 먹거나 순대볶음을 먹었다. 순대는 소금에 찍어 먹는 것이라고 배웠던 내게, 사실 그건 문화충격이었는데, 맛있어서 더 충격적이기도 했다. 그건 양배추, 대파, 당근과 같은 야채등속을 순대와 같이 볶은 것이었다. 떡도 같이 들어 있어 야채와 단백질과 탄수화물의 완벽한 조화 같았다. 그 음식을 먹고 나는 순대볶음이라는 시도 썼었는데, 누군가 "이건 뽕짝 가사 같아"라고 해서 상처를 받았던 기억도 난다.

뽕짝 가사 같은 순대볶음을 팔던 맛사랑도 사라지고, "너희는 대학을 가니까 우리랑 노선이 달라" 하고 비장하고 씁쓸한 어조로 말하던 그 까까머리 공업고등학교의 소년들도 사라졌지만, 먹고 나서 혀끝에 남아 있던 그 음식의 맵고 짠 고소함은 아직도 기억에 남아 가끔 그리움으로 떠오른다.

그 맛이 가끔 몹시 그리운 건, 떠나고 싶지만 갈 곳이 없던, 미숙함이 가득하던, 사춘기가 그리울 때가 있어서가 아닐까 한다.

뭔가를 하고 싶은데, 열정을 쏟아 붓고 싶은데, 그 뭔가가 성적표 숫자처럼 손에 잡히는 것이 아니었기에 잠겨 있는 문 앞에 선 듯한 답답함, 텅 빈 거리에서 무엇을 기다리는지도 모른 채

무작정 기다리고 있는 막막함, 영화와 현실이 너무도 다른 데서 오는 실망감과 내 부모가 친구 부모만큼 강하고 부자가 아닌 데서 오는 결핍과 원망의 감정이 엉켜 있던 시간들.

시간이 흐르고 흘러 나는 마흔이 훌쩍 넘었지만, 아직도 맛사랑에서 먹던 우동이나 떡볶이나 순대볶음을 좋아한다. 자주 해 먹는 편이다. 세상이 달라져서 웹이나 동네 마트에서도 순대를 쉽게 살 수 있다. 마트에서 순대를 집어든 날에는 자연스럽게 깻잎과 양배추도 사게 된다.

순대볶음을 만들기 위해서는 먼저, 양념장을 만든다. 고추장 1큰술, 간장 1큰술, 맛술 1큰술, 참치액젓 1/2큰술, 고춧가루 2큰술, 물 1/4컵을 볼에 골고루 섞어둔다. 양배추, 깻잎, 양파는 1센티미터 폭으로 썰고 대파는 어슷 썬다. 순대는 원하는 크기로 썬다. 달군 팬에 식용유를 두르고 떡국떡, 양배추, 양파를 넣어 볶는다. 어느 정도 익는 게 보이면, 여기에 순대, 양념, 대파를 넣고 양념이 잘 어우러지도록 볶는다. 불을 끄고 깻잎을 넣고 골고루 섞는다. 매운맛을 좋아하면 청양고추를 어슷 썰어 넣으면 좋다. 그때는 전혀 모르던 조리법을 이제는 잘 아는 걸 보면 시간이 많이 흐르긴 흘렀구나……. 나는 어쩌면 그때와는 다른 사람이겠구나…….

자신도 정확히 알지 못하는 욕망을 누른 채, 그저 가스버너 위의 냄비우동이 끓는 걸 지켜보던 시간, 냄비 안의 계란이 반숙으로 익어가는 것을 바라보던 시간, 갖은 야채와 떡까지 들어간 복잡한 음식이었던 순대볶음의 국물이 자작하게 줄어들어드는 것을 바라보던 시간.

이 모든 것이 다시는 돌아갈 수 없는 것을 알기에 그립다.

내 치기어리고 철없던 시절에는 요즘 아이들처럼 치킨과 햄버거가 있는 것이 아니라 맛사랑의 순대볶음과 우동이 있다. 자기가 쓴 시를 벽에 걸던 조금은 밝고, 조금은 우울하던 소년들과 소녀들도.

닭백숙

Like the wind beneath my wings

내 날개를 받쳐주는 바람처럼

전 남편은 군인이었다. 대위 전역을 하고 고시원으로 들어갔다. 그는 그때 이미 14개의 자격증이 있었다. 원한다면 무난하게 대기업에 취업할 수 있었을 것이다. 그러나 그는 무난히 취업하는 다른 대위들을 한심하게 여겼다. 자기는 아들이 셋이니 세 배로 많이 벌겠다고 호언장담했다. 세 배로 벌든 남과 똑같이 벌든 혈기 왕성한 남자가 이미 가장이 되었다는 이유로 꿈을 접는 것을 나는 원치 않았다. 그가 바라는 대로 해줬다. 내가 아이들을 데리고 친정 부모님이 계신 구미로 이사를 왔다. 나는 작은 주공아파트로 들어왔고, 그는 서울로 갔다.

시댁에서는 그가 공부할 밑천을 다달이 보냈다고 들었다. 2007년부터 2009년까지 매달 200만 원씩. 장성하여 제 가정을 꾸린 아들에게 쉽지 않은 지원과 격려였다고 본다. 거기서 그는 내게 다달이 20만 원을 보냈다. 그나마도 알 수 없는 사정으로 보내지 않을 때가 있었다. 나는 아이들 유치원비와 생활비를 위해서 돈을 벌 수밖에 없었다. 입시학원에 영문법 강의를 나갔고, 학교 방과 후 영어교사를 했고, 공부방을 했다. 나중에 공부방의 한계를 느껴 학원을 차려서 나왔는데 그때 대부분의 지인이 반대했다.

"네가 지금 공부방을 하는 것은 니네 집 거실에서 하는 거라 아파트 관리비만 내면 끝이지만, 학원을 하면 다달이 월세를 내야 해. 너, 애들 가르쳐 번 돈으로 남 좋은 일 하는 거야."

"학원 차리려고 은행에서 빌리고 니네 아부지한테 빌리고 동생한테 빌리고 너 그거 다 어떻게 갚으려고 그러냐, 겁도 없이."

"살림집이랑 직장이 멀어질수록 너 골병들어. 네가 관리하는 게 지금의 두 배가 되는 거야. 지금도 힘든데 어쩌려고 그래?"

아이들은 자라고, 돈은 늘 부족하고, 나는 결단을 내릴 수밖에 없었다.

은행과 아버지와 동생으로부터 돈을 빌려 학원을 차렸다. 간판은 제일 비싼 LED 간판으로 했다. 의자는 다른 의자보다 2배가 비싸도 알록달록 색감이 예쁜 것들로 골랐다. 학원을 차린지 얼마 되지 않아 공부방에서 학생들을 가르치던 때보다 학생 수가 늘어나기 시작했다. 몇 달 후 돈을 모아 내 수업 방식에 맞게 기존 학원 교실 2개를 없애고 한층 전체를 큰 홀로 만드는 공사를 했다. 그리고 지금은 빌린 돈을 모두 다 갚았다. 지금도 학부모들 상대와 홍보는 어렵고, 수업료 수금도 어렵고, 그걸 잘 못하니 학생 수가 많은 것은 아니지만 누군가에게 돈을 빌리던 삶에서는 벗어났고, 내 생일에는 내가 내 수고를 치하하는 의미로 선물을 하는 지점까지는 이르렀다.

여기까지 오는 데는 부모님과 동생들 그리고 우리 아들들의 협조와 눈물 나는 희생이 있었다. 그리고 귀한 나의 벗들의 도움도 있었다. 반대했지만, 막상 학원을 시작하니 그들은 내게 마음을 보여줬다. 현주 언니는 혜선이네 학원이 영어학원이라고 하니 영자신문을 다달이 넣어주겠다고 했다. "아이구, 언니 왜 그래!"라고 사양하자 "은영이한테 물어봐. 나 돈 쓸 데 디게 없다고 그러지!"라는 대답이 돌아왔다. 사내아이 둘 키우며 살림하는데 돈 쓸 데가 없긴! 이 언니가 무슨 소릴 하는 거야. 그래도 내가 미안해서 사양하자 대안학교 잡지인 『민들레』 정기구독을 학원 앞으로 해줬다. 은영 언니는 조안이 아빠가 시켰다며 돈 봉투를 줬다. 안 주면 조안이 아빠한테 혼난다나 어쩐다나, 말도 안 되는 소릴 하며 봉투를 마구 디밀었다. 이 바보 같은 언니가 자기가 준 돈으로 내가 급한 불을 끈 것은 모를 것이다. 지금도 생각하면 눈물이 난다.

일본에 살고 있는 내 친구 효기는 아름다운 장미가 그려진 커피 잔 세트를 선물해줬다. 엄마들 상담 오면 우아하게 차를 마시라고, 고급스러운 원장 이미지를 위한 선물이라고 했다. (효기야, 이건 집에 고이 모셔두고 있다. 아까워서 학원엔 못 두겠어.) 그리고 명옥 언니 부부는 상품권을 선물해줬고 잊을 만하면, 학원에 키 큰 선풍기 안 필요하냐? 하이팩 의자 안 필요하냐? 물어보고 그 필요를 채워주신다. 어디 그뿐이랴, 블라인드도 박아주시고 이삿날 일일이 짐 정리, 학원 오픈하기 전 교실 청소, 화장실 청소, 모든 걸 다 도와주셨다. (나는 그날 청소의 신을 보았다. 그간 내가 한 일은 청소가 아니라 소꿉장난이었다.) 친구 혜순이, 영희, 경애의 지지와 도움 그리고 그녀들이 날 위해 흘린 눈물과 기도 모두 기억한다. (고맙다 친구들아. 나도 너희처럼 넉넉히 베푸는 사람이 되고 싶다. 나는 때로 너희에게 부끄럽다. 동갑이지만 늘 배운다. 고마워.) 이 사람들의 마음만으로도 과분히 받았다고 생각하는데, 그러고도 모자라 어느 날 잊고 있던 대학 선배로부터 전화가 왔다. 너 학원 차렸다고 백만이한테 들었다, 니네 동네 가는 김에 들르겠다고 했다. 그래서 대학 선배 두 마리가 우리 학원에 찾아오게 되었다. 그날 마침 명옥 언니가 주고 간 거대 선풍기를 번쩍 들어 2층까지 고맙게 올려다주고는 (나 혼자 그걸 올렸음 못하진 않았겠지만, 필시 다쳤다. 뻔하다.) 밥 먹으러 가자셨다. 구미에 오셨으니 갈 데는 당연히 금오산이었다. 세상은 인생 선배들로 이루어져 있다는 것을 증명이라도 하듯 선배의 선배가 금오산에서 백숙집을 하니 거길 가잔다. 처음 가보는 백숙집에 앉아 셋이 백숙을 먹고, 다시 커피 한 잔 하러 학원에 왔다. 커피를 마시고 학생들 자리에 가 앉아서 자기를 가르쳐보라는 둥, 너스레를 떨던 선배가 돌아가기 전 내게 시집 한 권을 주신다. 이 시집은 동길이 형한테서 받은 건데 다 읽었으니, 이제 너를 주겠다고 했다. 선배가 가고 난 후 다 읽어 필요 없어져 내게 던져주는 거라던 시집을 펼쳐보니 돈 봉투가 들어 있었다. 다 늙어서도 시집을 읽는 사람들, 읽고 난 시집을 돌리는 사람들. 아름다운 바보들. 나는 선배들이 준 시집의 힘으로 학원 유리창 시트지 값을 냈다.

동길 선배가 좋아해서 후배들에게 가끔 선물한다는 시집은 이정록 시인의 『의자』였다. 그날 이후 나는 이정록 시인의 팬이 되었다.

나는 별로 좋아하지 않지만, 아들들 호불호가 갈리지 않는, 몇 안 되는 음식 중 하나인 백숙을 오늘 저녁 해볼까 한다. 황기 사다놓은 것, 통마늘, 대추 넉넉히 넣고 닭을 푹푹 고아 백숙을 해볼까 한다. 닭은 큰 것으로 두 마리를 산다. 꽁지를 자르고 꽁지 주변의 두꺼운 기름도 잘라낸다. 기름을 다 잘라내면 고소한 맛과 부드러운 맛이 덜해 다 잘라내지는 않는다. 속과 겉을 모두 깨끗이 씻고 뱃속에 잘 씻은 대추와 황기와 마늘을 충분히 넣는다. 마늘은 정말 한주먹씩 꽉꽉 넣는다. 솥에 두 마리를 엇갈리게 넣고 맑은 물을 넣고 중불에 40분 이상 푹 곤다. 황기는 면역력을 높여준다고 하고, 대추는 소화력을 높여주고 비염에도 좋다고 한다. 마늘은 살균 효과도 뛰어나고 항암효과도 뛰어나다고 하니, 이것이 단백질의 보고인 닭과 함께 우리 아이들의 날개를 받쳐 주는 바람이 되길 바라는 마음으로 백숙을 달이듯 끓인다.

아이들은 다리와 날개 부분의 쫄깃한 살을 주로 먹고 퍽퍽한 가슴살은 남는다. 그러면 국수를 삶아 닭육수를 붓고 가슴살을 찢어 얹어서 닭국수를 만들어 준다. 소금간만 하면 되는데 백숙과 마찬가지로 아주 잘 먹는다. 아이들이 정말 맛있다는 이유로 즐겁게 한 그릇 뚝딱 먹고 나면 내가 그닥 모지란 사람은 아니라는 기분이 든다. 이렇게 살면 되겠지 싶어진다. 더 바라면 욕심이겠지 싶어진다.

이 아이들이 잘 자라 날개를 펴고 높고 푸른 하늘 가운데 날고 있다면 그건 당신들 덕분입니다.

그대들이 내 아들들을 살찌우고 키울 힘을 내게 주었으니.

떡볶이

Why I didn't know it at that time

왜 그때는 몰랐을까요

『소공녀』를 읽은 탓일까, 『소공자』를 읽은 탓일까, 어쩌면 내게도 숨겨진 부모가 있을지도 모른다는 공상을 하던 때가 있었다. 엄마에게 바라는 점에 대해서라고 하면 너무 미화한 것이고, 엄마에 대한 불만 사항을 요목조목 적어서 엄마한테 편지랍시고 준 적도 있었다. 엄마 아빠를 너무 많이 사랑했기에 너무 많이 미워했던, 그러면서 점차 부모로부터 떨어져 나오던 시기였다. 내가 이야기를 조잘조잘 하고 고민을 공유하기에 부모는 너무 모르는 게 많다고 생각했다. 친구가 중요했다. 시험기간에 친구 집에서 밤샘 공부한다고 책을 싸서 그 집에 가서 자기도 하며 최초의 외박을 시작한 시기였다. 엄마가 집을 나서는 내게 그 댁에 가면 인사 공손히 드리고, 너무 늦게까지 떠들지 말고 등등 주의를 주면 엄마 목소리보다 더 크게 노래를 부르며 대문을 나서던 나이였다. 동생들은 그런 날 보며 깔깔대고 웃거나, 기가 막히다는 듯 고개를 젓거나 했다.

세상의 중심은 나였고, 나로 인해 세상이 돌았다. 그 너머의 나이나 내 주변을 둘러싸고 있는 세상 말고는 관심도 없었고, 장차 자라서 이 좁아터진 시골을 떠나 TV에 나오는 사람들처럼 멋지게 살 것이라고 믿던 시기였다.

어느 날 아침, 학교에 가니 분위기가 이상했다. 어느 날 아침 눈을 뜨니 유명해졌더라는 누군가의 말과는 사뭇 다른 풍경이었다. 아이들이 내 인사에 대답을 하지 않는 것이었다. 그 이전부터 은애랑 친한 애들이 내게 데면데면하게 굴었지만, 말을 걸어도 대답을 안 하는 건 정말 충격이었다. 인사에 대답하지 않고 뭔가를 물어봐도 친구의 이름을 불러도 대답하지 않았다. 그런 아이들이 하나 둘 늘어갔다. 이해할 수 없었다. 그러나 조금 생각해본 후 나는 이해할 수 있었다. 내가 너무 못되게 굴었구나 하는 자책으로 말이다. 나는 지금도 누가 내 물건에 손대는 걸 끔찍하게도 싫어한다. 다른 사람들과 손수건이나 펜 등을 공유하지 않는다. 조금 귀찮아도 내 필통을 챙겨 다니고 내 안경닦이를 챙겨 다니는 편이다. 다른 사람의 손에 어떤 병균이 있는지 모르는데 그 손으로 잡은 펜을 내가 또 잡고, 눈을 비비고 입과 코를 문지른다는 것이 나는 좀 힘들다. 지금도 이러니 그때는 또 얼마나 더 까칠했을 것인가.

은애는 얼굴에 붉은 여드름이 많이 나고 목소리가 좀 이상한 애였다. 다리에는 굵은 알통이 박혀 있고 어깨도 상당히 우람한 타입의 여중생이었다. 집이 부자여서 늘 좋은 옷을 입고 비싼 액세서리를 하고 다녔다. 항간에는 그 애의 아빠는 의사인데, 엄마는 첩이라는 소문이 있었다. 그래서 그 애가 아빠와 함께 살지 못하는 거라고 했다. 나는 그 애와 같은 초등학교를 나온 것이 아니어서, 전혀 몰랐고 관심도 없어서 듣고 그만일 뿐이었다. 그런데, 그 애가 먼저 내게 관심을 보이기 시작했다. "어머, 얘 피부 좀 봐" 이러면서 자기 자리로 가기 전 항상 내 볼을 살짝 꼬집고 가는 것이었다. 그게 점점 심해져서 나중에는 아프다고, 하지 말라고 소리칠 정도로 세게 얼굴이 빨개지게 세게 꼬집고 가곤 했다. 장난이려니 하고 넘기기엔 심하다고 생각했다. 그 애의 주변 애들이 하나 둘 나를 따돌리기 시작했다. 마지막엔 반에서 다섯 명 정도만 남았는데, 그날부터 그 애들도 날 멀리하기 시작했다. 한 명은 늘 손등이 터 있어서 안타까운 아이였는데 이름은 기억나지 않는다. 안타깝고 미안한 얼굴로 나를 보며 우르르 무리지어 매점으로 운동장으로 나가던 아이들의 모습은 통증처럼 남아 있다. 중학교 2학년 1학기 때의 일이다. 2

학기가 되면서 봉화에서 구미로 전학 오는 바람에 나는 그 지긋지긋한 따돌림과 무시로부터 벗어날 수 있었다. 그런데 참 이상도 하지. 전학을 오고 나서 간간히 아이들로부터 편지가 왔다. 언제 방학이 되면 봉화에 놀러오라는 편지였다. 참말도 안할 땐 언제고 그렇게 편지들을 보낼까, 내가 전학 온 학교 이름도 정확히 몰라 봉투에 틀리게 적어 보내던 그 아이들. 송정 여중이 아니라, 성종 여중이라고 적어 보내던 아이들.

그러나 그보다 더 이상한 것은 그렇게 떠나올 때 힘들었음에도 불구하고 나는 봉화가 그리워 거의 매일을 울고 잤다는 것이다. 밤마다 향수에 시달렸다. 고향의 친구들에게 답장했다. 그때부터 주고받은 편지가 족히 한 자루는 된다.

은애에게 내가 먼저 전화를 했을까, 아니면 은애가 내게 전화를 했을까. 어느 날 은애와 통화를 하게 되었다. 은애는 미안하다고 사과했다. 사실, 자기가 내게 누명을 씌웠다는 것이었다. 반에서 돈을 잃은 아이가 있었다. 반 아이들은 모두 지숙이라는 아이가 돈을 가져갔다는 것을 알고 있었다. 그 애는 늘 머리가 떡이 져 있었고, 자주 남의 물건에 손을 댔다. 그런데 은애는 혜선이가 머리가 좋으니까 모두 지숙이가 그랬을 거라고 믿을 것을 알고 훔쳤을 것이라는 말을 했다고 했다. 나는 나도 모르는 사이, 절대 의심 받지 않을 거라는 걸 알고 남의 돈을 훔친 영악한 아이로 소문이 나 있었다. 은애는 내게 그렇게 거짓말로 이

간질을 해서 한 명 한 명 내 친구들을 떼어냈다고 고백했다. 나는 적잖이 충격을 받았다. 전혀 상상할 수도 없는 일로 아이들이 등을 돌렸다니. 은애가 미웠지만 그 말을 믿은 친구들이 더 미웠다.

이듬해 여름 나는 봉화에 놀러갔다. 엄마가 새로 사 준 레이스 스커트를 입고 아버지 친구가 하던 만리장성이라는 짜장면 집에도 가고 (세계 최고의 짜장면 집이다. 이집 짜장면보다 맛있는 짜장면은 단언컨대 이 세상에 없다.) 내가 다니던 초등학교, 내가 살던 집, 내가 절반밖에 다니지 못한 중학교에도 갔다. 그 학교 근처의 터미널에서 나는 한 아이를 만났다. 늘 손등이 터 있던 그 아이. 그 아이는 다가와서 반가움과 수줍음을 잔뜩 담아 내게 "안녕?" 하고 인사를 했다. 그 아이는 지금 어떻게 자랐을까. 어떤 어른이 되어 있을까. 모두 나처럼 자신을 모르고 친구를 몰라 방황하던 때를 지나왔을까. 아니면 아직도 그곳에 머물러 있을까.

그 애들과 자주 먹었던 건 방방장 근처에 있던 아주 매운 떡볶이였는데, 그 맛은 방방장에서 뛰는 재미를 능가하는 맛이었다. 방방장에 가면서 그 떡볶이를 먹지 않고 돌아온 적은 정말이지 단 한 번도 없었다. 그 떡볶이의 맛은 너무나 그리운 맛이었지만, 어디에서도 다시 만날 수 없는 맛이었다. 어느 분식점에서도 팔지 않았고, 집에서 해봐도 그 맛이 나지 않았다. 나중에, 아주 나중에야 알게 되었다. 그 중독성 짙던 매운 맛의 비결은 바로 설탕이라는 것을. 고추장보다 고춧가루보다 많은 양의 설탕이 들어가야만 그 맛이 난다는 것을 말이다.

알고 보면 아무것도 아닌데, 정작 그때는 몰라서 외롭고 아픈 너무나 달콤한 설탕의 맛.

어린 시절 그 떡볶이 맛을 내는 조리법은 전남편에게 떡볶이를 해주다가 터득했다. 전남편은 떡볶이와 냉면을 참 좋아하던 사람이었고, 자주 하다 보니 나는 냉면에도 떡볶이에도 어떤 감각이 생겨버렸다. 가스 불 위에 물을 올려본다. 2컵의 물에 매운 고춧가루 0.5컵, 고추장 0.5컵, 간장 0.5컵, 설탕 1컵을 넣고 끓인다. 배추를 길게 썰어 넣는다. 나는 양배추 말고 김치 담글 때 쓰는 배추를 선호한다. 배추는 떡과 어묵보다 먼저 넣는다. 배추는 푹 익으며 시원하고 달아진다. 국물은 단순하게 맵고 달다가 섬세하게 달고 시원해진다. 부르르륵 배추와 국물이 끓어오르면 어묵과 떡을 넣는다. 국물에 어묵 맛이 스미고 어묵이 국물을 머금고 부풀어 오르면 익었다는 증거다. 불을 끈다. 정말 간단하다. 떡의 쫀득함과 어묵의 고소함, 배추의 시원함이 제각각 살아있고 또 맵고 짜고 단 국물 안에서 서로 어우러진다. 맛있다.

잘 모르겠다 싶을 땐, 억울해 하지 말고 한발 떨어져서 현상을 바라보는 것, 기다리는 것, 잘 모르겠다 싶을 땐 자꾸 자꾸 해보는 것. 그러다보면 알게 되고 잘하게 되는 것, 자꾸 까먹는데, 아주 단순한 생의 진리다.

아…… 내가 한 떡볶이 먹고 싶다!

두부 요리

The gift of understanding

이해의 선물

두부를 굽는다. 두부는 단단하지 않다. 잘못 뒤집으면 깨진다. 찌개용 부드러운 두부를 잘못 집어온 건가? 하고 포장지를 다시 살펴본다. 역시 부침용 단단한 두부가 맞다. 그럼에도 잘못 뒤집으니 깨지고 만다. 두부는 콩에서 왔다. 콩에서는 콩잎도 오고 비지도 오고 두부도 나온다. 콩에서 나온 콩잎은 깻잎보다는 씹는 맛이 더 거칠어서 좋고, 비지는 고기보다 고소해서 좋다. 두부는 백설기처럼 희고 치즈처럼 몰캉거리면서 생선처럼 담백한데 생선처럼 비리지 않아서 좋다. 아, 이 무슨 장황한 설명인가. 두부는 그냥 두부라서 좋다.

많은 아이가 김치찌개, 된장찌개에서 두부만 골라 먹듯이 우리 아이들도 그렇다. 그냥 두부만 보면 좋아한다. 그러니 두부를 으깨서 김치 다진 것과 고추장, 참기름을 넣고 밥 볶아줘도 잘 먹고, 두부를 으깨서 부추, 계란, 당근을 넣고 전을 부쳐줘도 잘 먹고 찌개를 끓여줘도 잘 먹는다.

두부를 끓는 물에 데치거나 팬에 기름을 두르고 두부구이를 한 다음 볶음김치와 내주며 오늘은 두부김치다, 라고 말해도 좋아한다. 두부로 하는 요리는 뭐든 잘 먹는다.

장남은 자라면서 여러 번 내 심장에 망치질을 했다. 학교에서 전화가 오면 이제 떨면서 받는다. 이번에는 또 무슨 사고를 친 거니? 내가 사는 일은 네 일로 내가 사과를 하는 일인 거니? 바라건대 앞으로는 네가 친 사고로 하여 나로 말미암아 사과치 아니하도록 하게 하여라. 나는 녀석으로 인해 참 많이도 내 잘못이 아닌 일에 머리를 조아리며 사과했다.

"아드님이 수업을 거부합니다. 책상을 들고 복도로 나갔어요."

"네? 그게 무슨 말씀이시지요?"

"ㅁ 선생님이 학생들을 차별한다고 생각했나 봐요. 자기 일도 아니고 자기 친구 일이었어요. 괜히 제3자인 아드님이 항의를 좀 하다가 선생님이 수업 듣기 싫으면 나가라고 하니까, 알았다고 하면서 책상을 들고 나가버렸다고 해요. 아니, 어머니! 나가란다고 정말 나가버리면 어떡합니까. 어머니. ㅁ 선생님이 화가 단단히 나셨어요. 어머니께서 말씀 좀 나눠보시겠어요?"

이런 전화라던가.

아니면,

"어머니, 아드님 가방에서 전자 담배가 나왔어요. 이게 가격대가 좀 있는 건데 압수를 하려고 전화를 합니다. 압수에 동의하십니까?"

아니면,

"어머니, 아드님이 지각을 했어요. 그래서 벌점을 받았고 반성문을 쓰라고 했는데, 전혀 미안해하거나 뉘우치질 않아요. 벌점을 안 받고 선생님이 이해해줬다면 미안하고 고마운 마음이 생길 텐데 이미 벌점도 받았고 반성문도 썼는데 왜 미안해 해야 하냐고 도리어 제게 따집니다."

녀석은 생각지도 못한 방식으로 나를 놀라게 한다. 그중 하나는 이런 식은 땀 나는 전화를 받게 해주는 것이다. 게다가 더욱 문제는 내가 집에서 혼자 있을 때 이런 전화를 받는 게 아니라 수업 중에 받게 만든다는 것이다. 학원에서 수업시간에 이런 전화를 받으면 심장이 더욱 쿵쾅거린다. 전화 내용을 내 학생들이 들은 것은 아닐까. 집에 가서 이런 이야기를 전달하는 것은 아닐까. 학원 이미지에 타격 입는 것은 아닐까. 이런 걱정에서부터 시작해서, 얘는 도대체 왜 아이큐가 딸리는 애도 아닌데 충동을 억제하지 못하는 걸까, 자꾸만 미운털 박혀서 어쩌려고 이러나. 대충 좀 넘어가지. 그거 좀 참는 게, 지한테 이로운데 무슨 독립운동을 할 거라고. 사회생활에서도 사사건건 사람들과 부딪히면 어쩌나 하는 걱정들에 성질이 부글부글 나기도 한다.

이런 전화를 받고 나서도 아무렇지도 않은 얼굴을 하고 수업을 해야 하다니. 감정이 얼굴에 다 드러나는 걸로 정평이 난 나로서는 아무렇지 않은 척 포커페이스를 유지하고 끝까지 수업 마무리를 하는 일이 무척이나 버겁다. 장남이 원망스럽다. 이제 제발 그만 좀 하지, 였다가 아이에게 도무지 무관심한 전남편도 원망스럽다. 이런 사건 사고는 네 책임과 관심 부재가 5할이며 이런 전화는 이제 네가 좀 받아도 되지 않겠니? 왜 내게만 모든 책임을 다 떠넘기나.

그러나 놀란 감정과 원망의 감정이 갈아진 콩물처럼 가라앉자 나는 이내 아이의 마음을 헤아리게 된다. 그래 원칙과 배려가 아니라 차별과 감정을 앞세우는 어른 탓이지, 교사들 탓이지. 네 탓이 아니다. 그래 자기 생각과 감정을 표현하고 발화하는 네가 건강한 거다. 속으로 끙끙 삭이지 않아줘서 고맙다. 그래 너는 네 죗값에 대해 몸으로 배웠으니 앞으로도 책임에 대해서는 더욱 깔끔한 어른으로 자랐으면 좋겠구나. 다만 위험하고 자신에게나 남에게나 해가 되는 행동은 안 했으면 좋겠구나. 스스로와 타인을 도울 수 있는 사람으로 자랐으면 좋겠구나.

하는 이해와 바람이 기도처럼 선명해진다.

두부는 콩에서 왔다. 여름 내 뙤약볕에서 여문 콩을 딴다. 콩을 깐다. 콩을 하룻밤 불려 맷돌에 간다. 한 번 끓인다. 비지를 면보에 짜서 거른다. 두유에 간수를 붓고 커다란 가마솥에서 끓인다. 봉화가 고향인 나는 할머니가 직접 두부를 만드는 것을 보고 자랐다. 두부하는 날은 아침에 눈을 뜨면 커다란 바가지에 갓 끓여낸 몽글 몽글 순두부를 간장만 척 얹어 후룩 후루룩 마시듯 먹곤 했다. 순두부가 가득한 바가지를 내미는 할머니의 손은 늘 붉게 곱아 있었고, 순두부를 먹다가 고개를 들어 할머니를 보면 할머니는 항상 머리에 수건을 두건처럼 두르고 있었다. 아니 목덜미에 스카프처럼 두르고 있었던가.

내게 두부는 그런 이미지다. 뙤약볕 아래서 견디며 여무는 콩. 그 딱딱한 것이 액체로 흐물흐물 갈아졌다가 다시 팔팔 끓어 고체가 되는 과정, 수건을 쓴 뽀얗고 붉은 할머니 그리고 땀을 닦는 수건, 그것으로 깊이 각인되어 있다.

아들을 사랑하는 내 일이 심장을 눈물에 담가 불려 천천히 갈아서 그것을 더 큰 사랑과 지혜와 노력이라는 연료로 다시 가열하고 가열해 눈처럼 하얀 형태로 다시 모양을 잡아가야 하는 일은 아니었는지 생각에 잠긴다.

지금 너와 내가 삐걱대는 것은 그중에서 한 과정을 빼먹었거나, 어떤 재료가 빠졌기 때문이겠지. 아마 그것은 생각보다는 쉽고 생각보다는 어려운 어떤 일일 거야. 생각보다 생각을 많이 해야 하는 일일 거야.

다 된 두부도 깨지는 판에. 사람보다 단순한 두부도 새로이 여러 모양으로 변하고 여러 요리가 되는 판에. 그치?

미나리 전

Driving is an extension of the body

운전은 신체의 확장이에요

내게는 사실 숨기고 싶은 공공연한 비밀이 있다. 내가 사실은 고자다. 그것도 3대 고자다. 나는 운전고자, 수영고자, 화장고자다. 운전을 하긴 하되 주차는 못한다는 맹점이 있고, 수영을 하긴 하되 튜브와 구명조끼가 있어야만 한다는 맹점이 있고, 어색한 화장을 하긴 하되 민낯이 낫다는 평이 있다.

이것은, 『은하수를 여행하는 히치하이커를 위한 안내서』라는 책에서 지구를 정의한 것처럼, '대체로 무해함'이 아니다. 나의 고자성은 대체로 유해하다. 이 유해함을 가만히 들여다보면, 유해라는 말에는 멍청이라는 뜻도 내포되어 있기에 참 속상하다.

한 연구 결과에 따르면 여자는 공간 지각력이 떨어지기에 운전 중에서도 주차에 취약하다고 한다. 나만 그런 게 아니란 얘기다. 많은 여자가 그렇다. 한동안 저잣거리에 떠돌던 김 여사 시리즈가 탄생한 배경이겠다. 그러나 또 다 그렇지만도 않은 것이 우리 여동생은 탑차도 키를 주면 그냥 몰기 때문이다. 자기 차든 자기 차가 아니든, 차종이 무엇이든 키만 주면 그냥 몬다. 주차를 할 때는 슥 보고 한 번에 주차를 해버린다. 업어 키운 보람이 있다.

어쨌든 여자가 모두 운전을 못하는 게 아니듯 남자라고 또 운전을 다 잘하는 것이 아니라는 것은 우리 아부지를 보면 안다. 내가 자랄 때, 이리쿵저리쿵 자잘한 사고가 많았다. 내가 모르는 사고도 많았을 것이다. 세상에나, 한 집에서조차 여성과 남성의 공간 지각력에 대한 단순한 통계를 뒤집을 수 있는 예들이 나오다니. 이 예들로 미루어 보건대, 사람 따라 다르다는 결론이 옳겠다.

다시 어쨌든 나는 차, 오토바이, 자전거, 버스 등 뭔가를 타는 것을 어릴 때부터 기겁하게 싫어했는데 그건 어린 시절 몇 가지 안 좋은 기억이 있기 때문이다.

그중 하나는 어느 화창한 날 생겨난 기억이다. 나는 아부지 오토바이 뒷자리에 올라탔다. 아부지가 고모할머니 댁에 놀러가자고 했다. 그때만 해도 할아버지의 여동생인 고모할머니, 할아버지의 남동생인 작은할아버지, 고모할머니의 자녀들인 삼촌과 고모들, 작은할아버지의 자녀들인 삼촌과 고모들 집을 친구네 집 드나들듯 드나들던 시절이었다. 지금 생각하면 동기간에 그렇게 무람하게 지낸 것이 신기하기만 하다. 내가 아부지와 그렇게 심적으로든 육적으로든 가까웠던 때도 아마 그 시절이 마지막이었을 것 같다.

고모할머니 댁은 걸어서 가기엔 좀 먼 거리였다. 그 위치는 사이다처럼 톡톡 쏘는 물로 유명한 봉화의 오전약수터 방향이 아니었을까 짐작한다. 멀었기에 오토바이를 탔고 돌아올 때도 오토바이를 타야만 했다. 한나절 맛난 거 먹고 잘 놀고 집에 돌아오려고 아부지의 뒷자리에 올라앉아 있는데, 시동이 걸리지 않

았다. 끙차 하고 다시 시동을 걸었을까? 아부지의 오토바이가 그대로 하늘을 날았다. 그리고 나는 기절했다. 갑자기 세게 시동이 걸린 오토바이는 열린 대문을 박차고 나가 도로 위를 가로질러 절벽으로 떨어져버렸기 때문이었다. 고모할머니 댁은 길가에 있었고, 그 길은 반대편이 절벽처럼 생긴 뚝 잘린 길이었다. 절벽 아래는 온통 미나리 밭이었다. 나와 아부지 그리고 죄 없는 오토바이는 그 미나리 밭에 처박혔다. 눈을 떠보니 온몸이 찰과상이었다. 긁힌 팔다리에는 핏자국과 함께 미나리 잎이 엉겨 있었다. 옷에는 미나리의 초록 물이 들어 있었다.

내가 운전면허를 따고 보니, 아버지는 급정거와 급출발이 예사인 운전 습관이 있었다. 나는 운전학원에서 배운 것을 곧이곧대로 하는 사람인지라 아버지의 운전 습관을 알고 나서 정말 기함을 했다. 정차할 때는 브레이크를 3단계로 나눠서 부드럽게, 출발을 할 때는 일단 브레이크에서 발을 떼고 차가 서서히 움직이기 시작하면 액셀을 부드럽게 2단계로 나눠서. 발뒤꿈치를 브레이크와 액셀 가운데에 놓고 좌우로 순발력 있게 움직일 것 등. 나는 학원 선생님과 막내 동생에게 배운 대로 이렇게 부드럽게 운전한다. 뒷자리에 탄 아이들에게 물어보면, 이 분들이 사회성이 뛰어나기 때문인지는 몰라도, 나 때문에 놀라거나 메슥거리거나 하는 일이 없고 편안하다고 한다. (주차할 때 빼고!)

어릴 때부터 나는 정말 멀미가 심했다. 자가용도 싫어했고 버스는 아예 탈 수가 없었고, 기차만 주로 애용했다. 그런데, 내가 스스로 운전하는 차를 타는 것은 신기하게도 멀미가 나지 않았다. 스스로 차를 운전한다는 것은 차가 출발할 때와 멈출 때를 결정한다는 것을 의미한다. 오른쪽으로 갈지 왼쪽으로 갈지를 내가 결정한다. 내 의지대로 움직이는 같은 차에 타고 있으니 당연히 멀미가 나지 않았다. 내가 운전하기 전에는 남의 차나 버스에서 나는 기름 냄새, 차에 밴 담배 냄새, 독한 가죽 시트 냄새, 에어컨에서 나오는 미세한 곰팡이 냄새, 싸구려 방향제 냄새 때문에 내가 멀미한다고 생각했었다. 아! 그러나 그것은 부차적인 이유일 뿐 가장 주된 이유는 내가 출발과 정지, 방향을 결정하는 차냐 아니냐, 였던 것이다.

살아내는 것도 이와 같아서, 커다란 느티나무에 붙은 잎사귀처럼 사는 것이 아니라, 비록 몸집이 작을지언정 미나리처럼 사는 것이 낫다고 생각한다. 물기 많은 땅에 뿌리를 내릴 물미나리가 될지, 마른 땅에 뿌리를 내릴 밭미나리가 될지 스스로 결정하는 편이 낫다고 생각한다. 지인들의 반대에도 학원을 차리고, 미모에 투자해야지 왜 책에 돈을 많이 쓰냐는 누군가의 힐난에도 내가 좋아하는 책을 읽고, 내가 좋아하는 음악을 듣고, 내가 좋아하는 영화를 볼 때, 내가 옳다고 생각하는 당을 지지하고, 내가 돕고 싶은 이를 도울 때, 내가 함께 하고 싶은 이와 함께 하고, 먹고 싶은 것을 먹을 때, 일을 시작하는 시간과 마무리하는 시간을 스스로 결정할 때, 사는 일이란 게 멀미가 나는 일이 아니라, 멀미가 나는 일이 아니라, 신체 능력의 확장이요. 신나는 드라이브가 되는 것이었다.

물론 앞으로 여기 쿵 저기 쿵 차를 처박고, 주차가 뭔가요? 먹는 건가요? 묻는 나날들이 계속되겠지만, 나는 즐겁다. 뒤에서 남의 허리나 잡고 있다가 앞도 못 본채 미나리밭에 더 이상 처박히지 않아도 되기에.

미나리는 마른 땅에서도 젖은 땅에서도 잘 자라는 것도 매력적이지만, 찰과상에도 좋은 음식이다. 지혈 작용이 있는 것이다. 또한 간에도 좋고 소화에도 좋고 피로회복에도 좋다 하니, 김치로도 담그고 찌개에도 넣고, 겉절이로도 무치고, 데쳐서 나물로도 무치면 좋겠다. 그러나 우리 아들들은 그런 방식으로 조리된 미나리는 잘 먹지 않기에 나는 미나리를 사면 전을 잘 부친다. 색이 고운 당근 채친 것과 함께 미나리를 썰어 갓 부쳐낸 노릇노릇한 전은 영양도 풍부하고 맛도 정말 좋다. 향긋하고 개운한 맛이 난다.

당근은 채치고 미나리는 잘 씻어 쫑쫑 썰어 준비한다. 해물도 종류에 상관없이 미나리 모양과 비슷하게 길쭉하게 썰어 준비한다. 해물은 새우나 오징어나 홍합 다 좋다. 해물탕에 미나리가 들어가는 게 다 이유가 있잖은가. 향긋한 미나리 요리에는 어느 해물이나 다 잘 어울린다. 부침 반죽을 갤 때는 풋내가 날 수 있으니 미나리와 막 섞지 말자. 부침가루 1컵, 밀가루 1컵, 계란 3알, 소금과 후추를 넣어 볼에 따로 반죽을 갠다. 미나리와 해물을 담아둔 볼에 반죽을 부어 살살 섞는다. 달군 팬에 기름을 두르고 손바닥을 대보고 기름에서 따스한 기운이 올라오면 얇게 펴서 부친다.

제과점의 달디 단 빵보다는 미나리전을 더 많이 먹고 자란 아이들이 나보다 상처에 강하길, 운전을 훨씬 잘하길, 각자의 인생을 더 자유롭게 즐기길. 그리하여 자신의 우주를 널리 이롭게 하길.

대체로 유익하길…….

닭개장

Sharing shares peace

평화를 나누는 나눔

이사 온 집 현관 입구에 부서진 닭 뼈가 있었다. 이게 여기 왜 있지? 잠시 갸웃거리다 곧 작은 닭 뼈를 대문 밖으로 휙 집어 던졌다. 잊고 있던 어느 날 다시 닭 뼈가 보였다. 처음엔 생각지도 못했는데 같은 일이 반복되자 누군가 거기에 닭 뼈를 갖다 놓는다는 걸 알게 되었다. 쥐는 아니겠지. 아니었으면 좋겠다. 아, 정말 쥐는 아니었으면 좋겠다고 생각했다. 페스트로 유럽 사람들이 몰살당했다는 역사적 사실 때문인지 아니면 어릴 때 본 만화에서 피리 부는 사나이가 몰고 가던 우글우글 시커먼 쥐떼의 장면이 끔찍했기 때문인지 나는 쥐가 무섭다. 게다가 닭 뼈는

지네를 부른다는 사실을 잘 알고 있다. 30년 된 낡은 주택으로 이사 오면서 가장 걱정이었던 게 벽 안에 알을 깠을지도 모를 벌레들에 대한 두려움이었는데. 지네라니 안 될 말이지. 이번에는 닭 뼈를 비닐에 넣고 꽁꽁 밀봉한 다음 쓰레기봉투에 넣어 내다버린다. 쓰레기봉투를 버리고 돌아서 나오는데 담장 위에 살포시 앉아 있는 희고 노란 고양이 한 마리가 눈에 들어온다. 가만히 웅그리고 앉아서 나 하는 양을 살펴보고 있다. 눈이 마주치자 냐아옹 하고 청아한 목소리로 운다. 혹시 이 녀석이 한 짓인가. 우리 집 현관 쪽 담장은 해가 잘 들어 화분을 종종 올려두면 예쁘겠다는 생각을 하곤 했는데 이 고양이가 명당을 기가 막히게 잘 알고 있다는 생각이 들었다.

아이들 아침 반찬으로 고등어구이를 해준 날이었다. 아이들이 학교에 가고난 후 환기하려고 창문을 열고 현관문까지 코끼리 발을 이용해 활짝 열어두었다. 가을볕이 좋았다. 창가 쪽으로 커피 한 잔을 드립해서 거실 쪽에 앉았다. 아니 그런데 며칠 전 본 그 고양이가 우리 집 현관에 앉아 있는 게 아닌가. 미야옹, 미야옹, 고양이 울음소리를 흉내 내며 고양이에게 말을 걸었다. 그러자 이 고양이가 화답을 했다. 미야아옹, 미야아옹. 고양이는 열린 현관 문틈으로 나를 가만히 쳐다보다, 햇살 비치는 어딘가를 쳐다보다, 했다. 나는 아침에 아이들이 발라먹고 남은 고등어를 플라스틱 접시에 담아 현관 안쪽 신발장에다 놓았다. (물론 와사비 간장은 빼고!) 고양이는 놀랍게도 안으로 들어왔다. 그러나 음식을 먹는 건 아니고 그저 냄새만 맡고 다시 제자리로 돌아가 볕을 쬘 뿐이었다. 내가 미야옹, 미야옹 부르면 다시 미야옹, 미야옹 몇 번을 다시 대답하는 고양이. 고양이와 나는 고양이와 인간의 사이에 있는 언어로 이야기를 나눴다. 그리고 출근 시간이 되었다. 고양이가 생선을 먹지 않았기에 플라스틱 그릇을 현관문 밖에 두고 나왔다. 퇴근하고 집으로 돌아오며 그 플라스틱 접시를 보니 비어 있었다. 순간 나도 모르게 웃음이 나왔다.

살찌니는 내 어린 시절 고양이 이름이다. 노란색 아기 고양이였는데 이쁘다고 품에 꼭 안으면 팔을 할퀴어버리던 녀석이었다. 녀석이 자라 임신을 하게 되었는데 초산에 난산이었다. 살찌니가 낳은 고양이는 다 죽어서 나왔다. 두 마리였나, 세 마리였나. 아기 고양이는 이미 죽어 있었지만 무척이나 예뻤다. 그 작고 예쁜 고양이는 힘없이 축 처져 있었고, 살찌니는 죽은 게 믿기지 않는다는 듯 끊임없이 제 새끼들을 혀로 핥았다. 엄마는 묻어주러 가야 하는데 당장은 바쁘다고 커다란 깡통 상자에 새끼들을 넣어두었다. 살찌니는 그 깡통 주위를 맴돌며 애처롭게 울어댔다. 어찌나 구슬피 울어대는지 내가 다 눈물이 날 지경이었다. 그날 저녁 엄마는 아기 고양이를 묻어주었고 살찌니는 밤

새 울어댔다. 살찌니는 며칠 밥도 먹지 않고 물도 마시지 않았다. 저러다 가뜩이나 마른 살찌니가 죽어버리는 건 아닌가 덜컥 겁이 나기도 했다.

어느 날부턴가 살찌니가 보이지 않았다. 원체 들락날락 제멋대로인 녀석이었지만 그렇게 오랜 기간 안 보이진 않았었는데. 이상했다. 엄마에게 물어보니 부석 사는 고모에게 줘버렸다는 것이다. 아니 대체 왜! 하고 따지듯 묻자 고모네 쥐가 많아서라는 대답이 돌아왔다. 그해 겨울 방학 때 나는 부석사 아래에서 과수원을 하고 있는 고모네로 갔다. "살찌니는요?" 하고 묻자. "몰라. 지 들오고 시프마는 들어오겠지 머." 그런다. "건강해요?" 하고 묻자. "하이고, 야! 말도 마래이 가가 얼마나 날랜지 모른다. 오만 쥐도 다 잡고. 심심하면 새도 잡고 다람쥐도 잡아 온다카이"라는 대답이 돌아왔다. 헉. 새랑 다람쥐를 잡는다고?

믿을 수 없는 일이었다. 정말로 뒷산에서 우연히 마주친 살찌니는 더 이상 그 마르고 예민하던 녀석이 아니었다. 나무와 나무 사이를 날아다니고 있었다. 녀석은 매끈한 근육질의 동물이 되어 있었다. 녀석은 고양이가 정말 호랑이와 표범의 친척이었구나! 싶게 늠름하고 아름다웠으며 튼튼하고 우아했다. 순간 나도 모르게 탄성을 질렀다. 우와! 나는 정말 그 아름다움에 크게 감탄했다.

그날 예쁜 조카가 부석까지 놀러왔다고 고모가 해주신 게 바로 닭개장이다. 닭의 꽁지 부분과 과도한 지방을 좀 잘라내고 칼집을 넣어 찬물에 30분 정도 담가 핏물을 뺀다. 부르륵 한번 끓인 물을 버리고 대파, 통마늘, 통후추를 넣고 중불로 육수를 우린다. 육수를 우리는 동안 양념장을 준비한다. 고춧가루, 국간장, 다진 마늘을 넣고 섞어준다. 고기가 다 익을 때까지 끓인다. 모든 건더기를 걸러내고 살을 분리한다. 살코기에 양념장으로 양념을 한다. 나박나박 썬 무와 토란대를 뚝뚝 썰어 넣고 푹 끓인다. 양념한 고기와 대파, 고사리나 숙주 등을 넣고 다시 팔팔 끓인다. 모자란 간은 소금으로 맞춘다.

나는 육개장보다 닭개장이 훨씬 달고 시원한 맛이 난다고 생각하는데 그 이유는 육개장과 달리 닭개장은 그 뼈를 같이 넣고 육수를 고아내는 데 있지 않을까 한다. 비결은 닭 뼈에 있을 것이라고 생각한다.

그날 이후로도 우리 집에 가끔 찾아오는 길냥이는 어디선가 닭 뼈를 찾아 물고 온다. (하긴 치킨 시켜먹는 집이 어디 한두 집이랴.) 그걸 양지바른 곳에서 한참을 먹고 가운데 부분만 남기고 간다. 그 모습에서 닭개장을 끓이던 고모가 던져주던 닭 뼈를 핥던 살찌니를 떠올린다. 나는 길고양이를 위해 남은 생선을 놓아두기도 하고 참치 캔을 주기도 한다. 생각이 나면 수돗가에 물을 한 그릇 떠놓고 출근하기도 한다. 깨끗이 비어 있는 플라스틱 그릇을 보면 어떤 안도와 함께 기쁨이 샘솟는다. 아무것도 준비하지 못하고 다녀 온 어느 날 현관 앞의 닭 뼈를 보면 문득 녀석이 다녀갔구나 한다. 그리고 녀석 똑똑한데? 한다. 넌 아는구나. 닭 뼈의 시원한 고소함을. 그날 이후로도 우리 집에 간간히 찾아오는 그 고양이는 이제 어미가 되었다. 나를 보면 저랑 똑같이 생긴 작은 고양이랑 마당의 빨래건조대 밑에서 배를 뒤집어 보이곤 한다. 그러고보니 한동안 물을 안 떠놨네. 내일 꼭 물 한 사발 떠놓고 출근해야겠다.

가지올리브유절임

I oil u, I owe u

나는 당신에게 신세를 지고 사네요

옆 건물 1층이 비었다. 학원을 그곳으로 이전해볼까 하고 빈 상가에 인테리어 견적이 얼마나 되나 알아보러 갔다. 문을 열고 들어가니 견적이고 뭐고 코딱지만 해서 못해 먹겠다. 우리 학원 3분의 1 크기에 반듯한 사각형이 아니라, 길쭉한 마름모처럼 생긴 공간이 찌그러져 있다. 높낮이가 다른 바닥, 남녀가 구분 안 된 화장실, 천장에 뚫린 구멍들, 싱크대를 뜯어낸 자리에 내장처럼 튀어나온 배관들이 서글플 정도로 난잡했다. 치킨집 하던 그곳을 학원으로 업종 변경할 경우 석고보드를 대고, 고르지 않은 바닥을 쳐내고 전면유리로 갈아 끼우는 등 할 일이 너무 많아 보였다. 인테리어 사장님과 둘러보고 견적 뽑고 박카스 사들고 학원으로 올라와서 한참을 수다 떨었다. 아이돌 급 미모를 자랑하는 총각 사장님은, 만날 일은 자주 없지만 한번 만나면 수다가 끊이질 않는다. 이분이 최근 아파트를 샀단다. 우리 학원 창문을 열면 바로 보이는 곳이다. 포털 검색으로 시세보다 1400만 원이나 싸게 샀단다. 20년간 첫 입주 상태 그대로인 집인데 도배, 장판, 싱크대 등 하나도 바뀐 게 없는 집이다. 임자 한 번 잘 만났다. 그 집은 미니멀리즘계의 귀재를 만난 것이다.

"사장님, 빨래 널다 손 흔들면 보이겠어요"라고 하자, 나중에 애기 태어나면 우리 학원 보내겠단다.

내가 이 사장님을 만난 건 지난해 여름이었다. 30년 된 낡은 주택을 사면서 전면적으로 수리를 해야 했다. 창문, 도배, 장판, 싱크대, 욕실 전체, 세탁기 배관, 대문, 현관문, 신발장 어느 한 곳 손 안 댄 데가 없다. 오죽하면 각 방의 문짝과 문틀까지 싹 다 교체를 했을까.

하필이면 시기가 여름이라 이분이 엄청 고생하며, 최대한 내 편에 서서 일해준 걸 기억한다. 다른 업체에서 고개 젓던 세탁기의 수도와 하수, 배관 문제를 너무 손쉽게 해결해줬고, 추가 금액도 받지 않았다. 부탁하지 않았던 선반 등속도 알아서 다 달아줬다. 인건비 아껴주려고 전기 배선과 각종 수도배관 작업을 혼자 다 했다. 그 더운 날, 대문은 친구를 불러 둘이서 같이 달았다고 했다. 도망 다니고 싶을 정도로 고맙고 미안했다. 인테리어 하면서 뭐 그런 생각을 하느냐고 하시겠지만, 주위에서 업체 잘못 만나 공사 시기 있는 대로 늦어지고 추가금이 자꾸 늘어 대출도 많이 받고 그런 경우를 종종 봐왔던 것이다. 인테리어를 하는 지인의 남편에게 견적을 받은 것보다 1500만 원 정도 더 싸게 이분과 계약했던 것이다.

물론 돈을 위해 일하는 거지만, 맡은 일에 최선을 다하고, 계약대로 이행하며 진행 과정을 투명하게 드러내 보여주니 믿음이 가고 사람 자체가 좋아졌다. 한 예로, 다른 업체에서 견적 받았을 땐 브랜드 도어도 뭣도 아닌 것이 가격은 비쌌는데, 이 사장님은 각 방문을 한샘도어로 쓰면서도 더 싸게 해줬다. 나는 이참에 한샘 회원으로 등록돼 문에 이상이 생기면 언제든 AS를 받을 수 있게 되었다.

공사 완료 후에도 몇 번 더 만나며 밥도 먹고 차도 마시면서 성장 과정을 들을 기회가 있었다. 아버지가 계시지 않아 힘들게 컸다고 했다. 어머니 하시는 족발집 배달 일을 돕다 오토바이를 타게 되었고, 오토바이를 타다보니 공부는 뒷전이고 놀아도 너무 놀아 대학을 못 갔단다. 졸업하고 군대를 다녀오고 이 일 저 일 하다가 공간을 새롭게 만들어 내는 데 매력을 느껴 인테리어 쪽 일을 하게 되었다고 한다.

일하다가 현장에서의 한계를 느껴 뒤늦게 대학에 들어갔고, 거기서 실력을 인정받아 지난해부터는 관련학과에서 강의도 한다. 선생님이 된 것이다. 아무것도 없는 데서 새로운 것을 만들어 내는 일, 흉가 같은 집을 환하고 밝은 공간으로 바꾸는 일, 자신의 지난해 결과물보다 올해의 결과물이 훨씬 마음에 드는 일, 할수록 새로운 배움이 열리는 일, 사람들에게 도움이 되는 일이 자신의 일이란다.

자기의 일을 너무 재미있어 하는데 강의도 재미있단다. 그는 머리를 쓰고 감각을 쓰고 몸을 쓴다. 그리고 마음을 쓴다. 소위 말하는 먹물은 아니지만, 키보드를 쓰지 않고 마음을 쓰는 그에게서 오히려 나는 더 짙은 묵향을 느낀다.

"혜선 쌤을 만나면 항상 맛있는 데를 알려주셔서 너무 좋아요"라고 말하는 이 사장님. 구미가 고향이 아니라 맛집도 잘 모르고 혼자 지내며 밥을 해 드시기도 힘이 든단다. 우리 동네로 이사 오면 가지올리브유절임을 한 병 선물해드려야겠다. (아니면 두 병? 아니면 조리법만?)

내가 무지 사랑하는 가지조리법은 된장에 볶아 먹는 것과 오일에 절이는 것 두 가지 방법인데, 싱글인 사람이 오래 두고 먹으려면 역시 오일에 절이는 편이 좋겠다.

가지를 4~5센티미터 길이로 잘라 소금물에 20분 정도 절인다. 20분간 해찰한 후, 끓는 물에 가지를 데친다. 채반에 거르고 물기 짠 가지를 페페론치노 똑똑 자른 거랑 마늘 편 썬 거랑 같이 병에 넣고 올리브유를 붓는다. 하룻밤 실온에 숙성시킨 후 냉장고에 넣으면 한 달간은 밑반찬 걱정 뚝이다. 통밀빵에 올려 먹기도 하고, 오일파스타 만들 때 다른 것 안 넣고 이것만 넣어도 맛있다. 요즘 가지 연하고 싸던데 잔뜩 사다가 만들어야겠다. (나는 싱거운 것보다는 조금 짭조름하게 간을 한 게 낫다.)

우리 동네 다이소에서 예쁜 유리병 몇 개 사야겠다. 유리병에 담아 리모델링한 집에 입주하면 선물로 드려야겠다. 서울에서 방송작가 하는 귀여운 여자 친구 구미 내려오면 맛난 것 요리해 주시라고.

나는 누군가 흘린 땀 덕에 나만의 방을 갖게 되었다. 내 방이 없을 때는 밤에는 불을 꺼야 하니 책을 읽든 영화를 보든 음악을 듣든 내 맘대로 할 수 있는 게 없었다. 밤이 있는 삶이나 사생활이 전혀 없었다. 이제 나는 내 방에서 늦게까지 책 보고 영화 보고 음악 듣다 편히 잠든다. 누군가 흘린 땀 덕에 주방에 세탁기를 두게 되었다. 이사 오기 전 욕실에 세탁기를 두는 옛날 주택의 구조는 가전제품에도 좋지 않았고 씻는 공간으로 쓰는 데도 불편했다. 공사 후에는 세탁기가 빠진 자리에서 반신욕을 할 수 있게 되었다. 또 주방에 세탁기가 있으므로 세탁기를 돌리며 동시에 찌개를 끓인다. 처음부터 갖지 못했던 것이라 이것이 우리 가족에게 얼마나 귀한 것인지 잘 안다.

그는 땀으로 복을 지었다.

농도 짙은 땀 흘려 번 돈으로 산 귀한 집, 그 집에서 내내 행복하시라.

그의 앞날을 깊이 축복한다.

김치볶음밥

There's no place like home, There's no food like kimch

집 같은 곳이 없듯, 김치 같은 음식이 없네요

김치는 안개꽃과 같아서, 어디에나 잘 어울린다.

김치는 안개꽃과 같아서, 홀로 접시에 담겨 있어도 단아하고 그윽하다.

안개꽃이 장미와 프리지아와 섞여 장미와 프리지아를 돋보이게 할 때처럼 김치가 돼지고기나 고등어 또는 닭이나 돼지등뼈와 어울려 편안하게 그 요리의 주제를 표현할 때가 있다.

나는 그런 김치가 참 좋다. 김치찌개가 되기도 하고 묵은지찜이 되어줄 수도 있고, 싱싱하고 단정한 모습 그대로 라면의 친구나 보쌈의 친구 혹은 두부의 친구가 되어주는 김치. 그 고마운 김치가 오늘 아침 또 다시 큰일을 했다.

우리 아들들 배를 든든히 채워주고 "맛있다! 맛있다!"를 연발하며 즐겁게 아침을 먹고 가게 도와준 것이다.

사실 나는 아침잠이 많은 편이라 다른 엄마들처럼 여섯시 반에 일어나질 못한다. 애들이 다들 나보다 먼저 깬다. 애들을 깨울 때 소리치거나 흔들어 깨우지 말고 팔다리를 주물러 깨우라는 얘기를 육아서에서 읽은 것도 같은데, 나는 애들이 나를 좀 주물러서 깨워줬음 좋겠다. 나보다 늦게 깨는 사람을 살아오면서 보질 못했다, 적어도 가족 중에서는.

아무튼 그 30분을 더 자려고 주로 예약취사를 해놓고 자는데, 한 번씩 쌀을 밥솥에 담아놓고 버튼 누르는 걸 잊고, 그냥 자버릴 때도 있다. 그러니까, 아침에 밥이 있으리라 생각하고 밥솥을 열면 생쌀들이 쫄로리(나란히) 논으로 가고 있는, 그런 상황!

그런 일이 오늘 아침에 또 일어났다. 밥솥을 열자 생쌀들이 팅팅 부은 얼굴로, 메롱! 하는 거다. 이런 날은 팬케이크나 토스트도 좋지만, 마침 재료가 떨어졌다. 냉장고를 열었더니, 락앤락통에 든 찬밥이 보였다. 아, 오늘 아침은 김치볶음밥으로 '삘'이 딱 온다.

감자 한 알, 애호박 한 토막, 양파 반개를 다졌다. 애들이 좋아하는 스팸(이나 돼지고기)을 다지고, 김치를 씻어 다졌다. (아침에는 야채를 많이 넣고 김치를 조금만 넣어도 좋다.) 가장 먼저 할 일은 언제나 그렇듯 팬 달구기! 달군 팬에다 스팸을 볶다가 감자를 넣고 섞으면서 같이 볶아준다. 그런 후에 김치를 볶는데 그때쯤엔 식용유 말고 참기름을 넣어주면 좋다. 마지막으로 애호박을 넣고 볶아준다. 그런 다음 전자레인지에 살짝 돌린 밥을 넣고 같이 볶아준다. 간을 보고 소금을 솔솔 뿌려준다.

전자레인지에 굳이 찬밥을 돌리지 않아도 되긴 하는데 그럼 딱딱해서 볶을 때 손목이 아프더라. 덩어리진 찬밥이 분리되어 다른 재료와 섞일 때까지 시간이 흐르다보면 다른 재료들은 과하게 익어 맛없게 되기도 한다. 따뜻한 밥은 다른 재료들과 보슬보슬 자연스럽게 잘 섞이고 간도 잘 흡수해, 짭조름하면서도 단맛이 난다.

요리하다보면 정말 중요한 것이 훌륭한 주방도구가 아니라, 시간과 온도라는 것을 절감한다. 먹는 일에는 이처럼 삶의 지혜가 녹아 있다. 시간과 온기는 밥만 짓는 게 아니라, 사람을 키우고 그의 능력을 짓는다. 시간과 온기는 사람의 관계를 키우고 관계를 지킨다.

나는 엄마가 된 후, 이전에는 전혀 관심도 없던 요리책을 사고, 블로그를 뒤지고, 요리 영상을 구독하는 등 요리에 관심을 갖고 공부하게 되었다. 아이들을 위한 밥을 지으며 밥을 공부하게 된 것이다. 이것은 괜한 시간 낭비가 아니었다. 아이들을 살찌우는 과정이 오히려 나를 살리고 키웠다. 한 번씩 생각하면 요리 실패 대환장의 날들로 인해 부끄러워서 얼굴이 붉어지고야 마는 경험도 있지만, 그것마저 지금의 내게는 도움이 된 것 같다.

보통 김치볶음밥을 하면 김치와 햄만 넣거나 아니면 삼겹살이나 스크램블드에그 정도를 같이 넣기도 하던데, 나는 환상의 궁합은 감자 한 알과 애호박 한토막이 만들어낸다고 굳게 믿는 사람이다.

왜 그러냐고? 먹어보면 안다.

곁들이기는 계란찜이 좋아요. 옆 가스레인지 놀면 뭐해요.
뚝배기에 후다닥.

딸기 티라미슈

All water run to the sea

모든 물은 바다로 흐르기 마련이다

준혁이가 쓰는 작은 방에 결로가 생겼다. 고인 결로에는 곰팡이가 생겼다. 곰팡이는 조용히 번지고 번져 한쪽 벽을 다 뜯어내야 할 지경에 이르렀다.

아이가 방에 들어가고 문을 닫아버리면 조용해진다. 나는 내 시간을 갖게 되므로 억지로 문을 열고 들어가지 않았다. 준혁이는 방을 어지르는 아이가 아니라서 내가 굳이 들어가서 청소하라고 잔소리하고 방 구석구석을 탐사할 일도 없었다. 이사 오며 덜그럭대던 나무 창문을 모두 뜯어내고 이중 새시로 바꿔 달았는데 그게 문제가 되었단다.

자유롭게 들락거리던 밖의 공기와 안의 공기가 이 집이 지어진 이후 처음으로 단절된 것이다. 밖의 공기와 안의 공기의 온도차를 못 견딘 집은 눈물을 흘리기 시작했다. 안쪽 벽으로 알알이 이슬이 맺혔고 벽지에 얼룩이 생기다가 가장 축축한 곳에서는 곰팡이가 피기 시작했다.

그 일이 어느 정도 진행되고서야 알게 된 나는 새로 바른 벽지를 뜯어내며 아이 방을 매일 환기시키지 못한 것을 후회했지만 소용이 없었다.

벽지를 뜯어내고 방수페인트를 바깥쪽으로 바르고 나자 휑한 벽이 남았다. 비용 문제 때문에 나 혼자 셀프 시공을 해보기로 했다. 인터넷을 검색하고 여러 블로그에서 상품 평이 좋은 단열벽지를 샀다. 단열벽지는 두툼하니 마치 은박돗자리와 같았다. 한쪽 면은 스티커처럼 비닐을 뜯게 되어 있는데 거기에 접착제가 발라져 있어 그걸 벽에 붙이면 되는 형식이었다. 말이 좋아 스티커형 벽지지, 은박돗자리 두께의 벽지를 재단해서 깔끔하게 붙이는 게 쉽지만은 않았다. 칼은 찐득하게 눌러 붙다가 직선을 못 긋고 곡선을 그어 버린다던가, 한쪽 모서리를 오른손에 든 긴 자로 붙들며 왼발로 나머지 모서리를 누른다던가. 딱 나만한 사람이 한 명 더 있어서 도와줬다면 좋았겠지만 아이들은 아직 키도 작고 어렸다. 게다가 그게 누구건 접착제의 독한 본드 냄새를 맡게 할 수는 없었다. 친구에게 부탁도 못하겠어서 혼자 낑낑대며 일했다. 하루 만에 끝내지도 못하고 며칠에 걸쳐서 느리고 느리게 마무리했다. 작업할 때마다 어지럽고 머리가 아파 혼났다. 이 일을 이렇게 장황하게 쓰는 건 깔끔하고 예쁘게 발라지지 않았음을 변명하기 위함이다.

아이고! 다 바르고 난 벽은 이상하게도 틈이 뜨기도 하고 어느 부분은 남기도 하고 또 어느 부분은 모자라기도 했다. 그래서 흥부네 아이 옷 깁듯 여기저기 덧대고 잘라내고 하다보니 참 가관이다 싶었다. 저걸 어쩐다, 고민하다가 거실에 나와 있는 150짜리 책장 두 개를 그 벽에 붙여서 가려보기로 했다. 이 생각은 매우 뛰어난 아이디어 같았다. 왜냐하면 덕지덕지 붙여놓은 단열벽지도 가려주고 책장으로 한 번 더 막음으로써 완벽한 단열효과를 기대할 수 있기 때문이다. 처음 우리 집에 오는 사람마다 입을 열어 이 집은 책이 과하게 많다고 지청구하는 일을 줄일 수도 있는 것이다. 사람이 들어오자마자 눈에 보이는 거실, 가족이 많은 시간을 보내는 거실이 넓어진다는 건 여러 면에서 참 좋은 일인 것은 말할 나위 없다.

거실 책장에 있던 모든 책을 다 빼서 식탁과 의자와 그 주변으로 다 갖다 쌓기 시작했다. 책을 다 빼낸 책장 한쪽 모서리 밑에 안 입는 옷 하나를 밀어 넣고 당기기 시작했다. 질질 끌려오던 책장이 턱, 하고 걸린다. 세상에! 책장과 작은방 문의 높이가 정확히 같아 위쪽 문턱에 걸리고 만 것이다. 혼자는 안 되겠구나 결론을 내리고 준혁을 불렀다. 착한 아이는 엄마가 도움이 필요하다고 하니 바로 뛰어와서 성심껏 돕는다. 둘이서 이리 틀고 저리 틀고 눕혔다 세웠다 하며 겨우 방안으로 밀어 넣어 간신히 제자리를 잡았다. 이제 잔뜩 빼둔 책들을 꽂을 차례. 책이야 여럿이 나를수록 빨리 끝나니 잉여 인력 준우를 불렀다. 아직 녀석이 어리니 조심스러워 당부를 했다.

"우리 다 같이 책을 나르자. 그런데 전혀! 빠를 필요가 없어! 급하지 않으니까 조금씩 날라. 조금씩."

"왜요?"

"다치면 안 되니까. 일을 하면서 다쳐야 할 이유가 없어. 서두르지 않고 조심해야 돼."

"네!" 준혁이는 신중하게 다섯 권씩 나른다. 송준우은 정신머리 없이 우르르 들고 오다 그만 떨어뜨리고 만다. 발등을 다쳤다. 발을 다친 아이가 안쓰러워 너는 그만 쉬라고 한다. 준혁이와 나는 결국 둘이서 책장 정리를 마무리했다. 힘이 들 법도 한데 뿌듯한 표정이다. 제가 어미에게 도움이 되었다는 게 몹시 기쁜가보다. 제 방이 점점 번듯해지는데 제 힘을 보탠 것이 좋은가보다. 착한 것. 녀석들에게 선물을 하기로 한다.

초코 티라미슈는 에스프레소가 들어가다보니 장남과 내 입에만 맞다.

딸기 티라미슈가 좋겠다. 녀석들이 좋아하는 딸기와 치즈와 빵 그리고 딸기시럽 듬뿍. 만들기도 아주 간단해서 오늘처럼 힘 많이 쓴 날 복잡하지 않고 좋다.

일단 카스테라나 마들렌이 있으면 글라스락의 바닥에 깐다. 그 위에 다진 딸기와 설탕을 7대 3의 비율로 넣고 자작하게 끓인 시럽을 뿌린다. 귀찮으면 꿀이나 올리고당의 꼼수를 쓰기도 한다. 그 위에 크림치즈와 생크림을 믹스한 크림을 꼼꼼히 덮는다. 빵을 다시 한 번 덮어주듯 깔고 그 위에 시럽을 바른다. 그 위에 다시 치즈크림을 덮어주고 딸기와 블루베리 민트 잎사귀로 장식한다. 귀엽고 예쁘고 맛도 참 좋다.

그런데 참 이상하다. 무리하게 많은 책을 덤벙대며 나르다 준우가 다친 것처럼, 잘 하려고 했지만 마음이 앞선 나머지 내가 덤벙덤벙 다치게 한 사람이 떠오르고야 만다. 그는 참 딸기를 좋아했다. 딸기 7, 설탕 3의 비율을 싫어했다. 그가 원하는 대로 설탕을 더 넣어야 할까 내가 원하는 대로 딸기를 더 넣어야 할까 결정하지 못한 때에 시럽이 졸아버린 것처럼, 욕망과 배려를 잘 더하고 뺄 줄 몰라, 그것을 어찌해야 할지 몰라 순간적으로 책을 놓치고 그릇을 놓쳐버린 것처럼, 졸아들며 놓쳐버린 그 사람이 떠오른다. 있는 모습 그대로 받아들이기도 하고, 노력해서 변화하기도 해야 한다는 것을 몰랐던 시간속의 사람이 떠오른다. 훅 몸으로 치고 나가기 전에 살짝만, 한 번만 더, 침착하게 생각해보면 좋았을 일들.

그는 딸기를 참 좋아했었지.

버섯 전

Loving sky without wings

날개가 없어도 하늘을 사랑하는

이소라의 노래는 대개가 훌륭하지만 나는 그중에서도 직접 곡을 썼다는 「바람이 분다」를 참 좋아한다.

리듬과 멜로디의 조화가 아름답고, 이소라의 목소리가 처연하고 아름답다고 느껴졌다가, 이내 많은 사랑의 표면과 이면을 담고 있는 듯한 가사에 공감이 확확 되니 좋아할 밖에.

오늘은 페이스북 친구로부터 버섯 택배를 받았다. 상자를 열자 깔끔하고 꼼꼼하게 여덟 봉지로 나뉜 버섯이 들어 있다. 한 봉지를 풀어보았다. 세상에, 하는 감탄이 절로 나왔다. 마트에서 샀을 때 한 번도 본적이 없던 깨끗하고 탱탱한 버섯이었다.

이토록 예쁘고 싱싱한 버섯 농사를 짓는 사람이라니. 그녀가 어떤 사람인지 됨됨이가 보였다. 마치 식재료 택배를 받은 것이 아니라, 손편지를 받은 듯 마음이 따스해졌다. 배송 받은 바로 오늘, 녀석들이 가장 싱싱한 때에 얼른 나누자 싶어 주변 분들께 버섯을 나눠드리고 왔다. 배달을 마치고 집에 돌아오는 길에 동네 상가의 길가에 내놓은 스피커에서 어떤 노래가 흘러나왔다. 걸음을 멈추고 흘러나오는 노래를 듣는다. 처음 듣는 듯한 충격으로 노래를 듣는다. 이소라의 「바람이 분다」

바람이 분다
서러운 마음에 텅 빈 풍경이 불어온다. 머리를 자르고 돌아오는 길에 내내 글썽이던 눈물을 쏟는다. 하늘이 젖는다.
어두운 거리에 찬 빗방울이 떨어진다. 무리를 지으며 따라오는 비는 내게서 먼 것 같아 이미 그친 것 같아. 세상은 어제와 같고 시간은 흐르고 있고 나만 혼자 이렇게 달라져 있다. 바람에 흩어져버린 허무한 내 소원들은 애타게 사라져 간다. 사랑은 비극이어라. 그대는 내가 아니다. 추억은 다르게 적힌다. 나의 이별은 잘 가라는 인사도 없이 치러진다. 세상은 어제와 같고 시간은 흐르고 있고 나만 혼자 이렇게 달라져 있다. 내게는 천금 같았던 추억이 담겨져 있던 머리 위로 바람이 분다. 눈물이 흐른다.

사랑은 비극이어라. 그대는 내가 아니다. 추억은 다르게 적힌다.

세상은 어제와 다름이 없는데 너와 이별한 나는 머리를 자르고 모습이 변했다. 세상은 어제와 다름이 없어서 같은 속도로 시간이 흐르는데, 나만 혼자 시간을 거꾸로 되짚어 가느라 내게만 시간이 다르게 흐른다. 이것은 내가 실연하고 느꼈던 그 감정과 생각이다. 사랑은 비극이다. 이별은 다르게 적힌다. 너와 내가 기억하는 사랑도 증오도 감사도 분노도 그리움도 모두 다르게 적힌다. 억울하게도 너와 나의 기억은 다르고 다르다.

많은 사람은 연애하면서 성장한다. 서로 귀하게 여기고 존중하는 때와 마찬가지로 무시하고 다투고 미워하고 원망하고 이별하는 때에도 성장한다. 두 마리의 개미가 더듬이를 서로 붙여 존재의 정보를 서로 교환하듯, 사랑하면서 교감과 갈등을 통해 자기에 대한 몰랐던 사실들을 알게 된다. 상대의 관심 분야에 귀를 기울이면서 몰랐던 문화, 예술, 취미, 정치로 관심과 지경이 두 배로 넓어진다. 서로의 성장기를 되돌아보고, 현재와 미래를 생각하게 된다. 이 과정을 통해 자기를 발견하고 반성하고 치유하면서 결국엔 자신을 온전히 사랑하는 방법을 고민하고 조금씩이나마 알아 가게 되는 것이다. 이 과정은 학교에서 가르치지 않는 깊이 있는 공부다. 입시나 취업을 위한 문제집 풀이로는 배울 수 없다. 사랑하면 사람은 어떻게든 성장한다.

그럼에도 사랑은 비극적인 면이 있다. 헤어지든 헤어지지 않든 비극적인 면이 있다. 노래 가사에도 나와 있듯이 그대는 내가 아닌 것이다. 당신은 내 뜻대로 할 수 없는 타자다. 당신과 내 기억은 같은 시간과 같은 공간을 공유했음에도 다르게 적혀 있다. 다르고, 다르고, 또 다르다. 나는 당신을 배려했다고 생각하고 당신은 나를 배려했다고 생각한다. 나는 당신을 위해 한 말인데, 당신은 내가 아무 말도 하지 않는 것이 당신을 위하는 일이라고 생각한다. (아, 그러나 그것은 정말 당신만을 위해 내가 한 말일까?) 가장 나를 이해해주길 바라는 사람이 가장 나를 이해하지 못하는 것만 같다. 내가 가장 싫어하는 일이 뭔지 가장 잘 아는 사람이 내가 가장 싫어하는 일을 딱딱 골라서 한다.

당신과 나의 이 간극을 답답해하고 화내기보다는 간극을 알았다는 것만으로 만족할 것. 다만 그 간극 너머에서 자신의 트라우마를 안고, 자신의 밥벌이와 자신의 관계에서 애쓰는 당신을 응원할 것. 다만 두고볼 것. 다만 자신의 베이스캠프를 공고히 다질 것. 그 깊고 깊은 크레바스 너머로 서로 손을 내밀어, 그 간극 위에서 서로의 손을 잡고 끝까지 등정할 것.

결국, 사랑이란 같이 크레바스에 빠져 죽는 일이 아니라, 날개가 없더라도 하늘을 사랑한 라이트 형제의 노력과 같은 것이 아닐까.

이소라의 노래를 처음 들었던 어린 시절의 어느 날, 이 노래는

구구절절 마음에 쏙쏙 박혔다. 이 노래를 잊고 있던 날 문득, 이 노래는 거짓말처럼 새롭게, 아니 더 깊게 내게 와서 파고들었다. 어쩌면 살아간다는 건 해결이 될 듯 되지 않는 무수한 역설 앞에서의 동어반복과 감정반복이 아닐지. 그리고 그 앞에서 조금씩 더 예뻐지고 견고해져가는 게 아닐지. (버섯 배달하며 별 생각 다 한다.)

생각지도 못했던 곡이 길에서 흘러나온 덕에 마음이 쓰라리긴 했지만, 버섯을 받은 지인들은 생각보다 크게 기뻐했고 그 기뻐하는 모습에 나도 생각보다 많이 기뻤다.

처음 맛 본 순간부터 꽤 오랜 시간이 지난 지금까지 요리할 때마다 새로운 느낌으로 다가오는 식재료가 있다면 단연 버섯이다. 버섯에는 수많은 종류가 있지만, 그중에서도 나는 느타리버섯을 참 좋아한다. 젤리도 아니면서 젤리처럼 탱글거리기만 하는 새송이나 콩나물도 아니면서 콩나물처럼 아삭하기만 하는 팽이버섯과는 다르다. 느타리버섯은 탱글거리면서도 아삭하고 아삭하면서도 쫄깃하다. 느타리버섯은 식감이 좋고 손질하기도 좋아서 찌개나 볶음이나 구이나 전 어디에 넣어도 참 잘 어우러진다. 가격도 싸다.

버섯을 맛있게 먹는 방법은 다음과 같다.

첫째, 굽는다. 마치 버섯이 고기인양 굽는다. 그릴 팬이든 그냥 일반 팬이건 상관없다. 기름을 두르지 않고 달군 팬에 노릇노릇 잘 구워서 참기름 장에 찍어 먹는다. 아주 맛이 끝내준다. 쫄깃쫄깃하고 고소하다.

둘째, 소금물에 데친다. 물기를 짜내고 양파채, 당근채와 마늘편 썬 것 혹은 부추를 같은 길이로 자른 것 등 그때그때 계절에 맞는 야채를 넣고 들기름에 볶아낸다. 간은 깔끔하게 소금간만 한다.

셋째, 버섯을 결 따라 찢고 쪽파나 부추, 청양고추를 넣고 계란과 부침가루를 넣어 전을 부쳐낸다.

넷째, 각종 탕이나 찌개에 넣는다. 버섯만으로도 찌개를 끓일 수 있고, 만두전골이나 된장찌개나 닭찜 등에도 좋다.

다섯째, 오일파스타나 크림스파게티에 넣어도 참 맛이 좋다.

오늘도 바람이 분다. 내일도 불 것이 틀림없다.

그러나, 아니, 그러므로, 밥은 든든히 먹자. 쫄깃쫄깃한 버섯과 함께.

쌀국수

A drop in the bucket

양동이 속 물 한 방울 찔끔

타자가 자신을 있는 모습 그대로 받아들여줄 거란 생각은 환상이다. 타자를 자신의 뜻대로 변화시킬 수 있으리라 생각하는 것도 환상이다. 나의 있는 모습 그대로를 사랑해줄 소울메이트를 만날 수 있을 거란 생각도 환상이다. 네 모습 싫으니 깎고 잘라서 내 틀에 맞추라고 강요하는 것도, 있는 모습 그대로 뻗대는 것도 둘 다 폭력이다. 그러나 상대가 환상에 빠져 내 입장을 헤아려주지 않는 태도를 휘두를 때, 그 칼을 내 배에 푹 찔러 넣고 안아버리는 것이 사랑이겠다. 혹은 그의 가족이나 친구가 쏜 화살을 맞은 그의 상처에 입을 대고 독을 빨아내는 것, 내 입안의 상처가 먼저 생각나지 않는 것이 사랑이겠다. (항상 화살은 가장 가까운 이들이 쏘게 마련이다.)

내가 그리스 신화에서 가장 좋아하는 신은 헤라클레스다. 그는 인간의 아들이었으므로, 인간이었다. 애니메이션 「헤라클레스」에서, 그는 자신이 사랑하는 여인이 죽음의 강에 빠지자, 목숨을 걸고 그 강에 뛰어 들어 그녀를 구해낸다. 그의 명줄을 자르려던 그라이아 세 자매는 갑자기 헤라클레스의 명줄이 황금색으로 변하자 기겁을 한다. 환한 빛을 뿜는 황금 명줄은 잘리지 않는다. 그 순간 헤라클레스는 신이 된 것이다. 아이러니컬하게도 목숨을 버리고 그는 영생을 얻었다.

나는 손아귀 힘이 약해 캔 뚜껑도 못 따고, 피티병 뚜껑도 못 연다. 캔 뚜껑을 딸 때는 동전을 이용하고, 피티병을 딸 때는 가위 손잡이에 달린 톱날이나 롱노즈를 이용한다. 화장품 병도 못 열고, 식초병도 도구나 타인의 도움 없이는 못 연다. 어쩌다 안간힘을 써 뚜껑을 연 날 밤에는 손목이 시큰거린다. 그런 내가 힘이 센 헤라클레스에게 매혹되는 것은 당연한 수순이겠다. 그러나 헤라클레스가 섹시한 이유는 힘 때문이 아니라, 뛰어듦 때문이다. 죽음의 강물로 뛰어들어 메리오네스를 구해내는 그는 이미 이 세상 사람이 아니었다. 영원으로 날아 가버린 거다. 그런 게 사랑이겠다. 라면 먹고 갈래? 와는 차원이 다르다. 불가능할 것 같은 일을 가능하게 만드는 일. 저 아이는 사고뭉치에 구제불능이야, 라는 소릴 듣던 아이를 선량한 사회인으로 키워내는 일, 자폐아를 웃으며 제 밥벌이 하는 어른으로 키워내는 일, 그런 일은 현실을 영원으로 만든 일이라고 생각한다.

또 열정이 사그라진 후에도 사랑 안에 끝끝내 남아 관계를 탄탄하게 가꿔가는 일, 함께 나무와 새가 되는 일. 그런 일은 현실을 영원으로 만드는 일이라고 생각한다. 나는 그런 면에서 이상과 현실이 괴리되어 문제를 일으키는 바보 민폐 멍청이가 아니었는지. 있는 그대로 받아들이기는커녕, 너를 바꾸고 싶지 않다는 이유를 들어 도망쳤으니까. 죽음의 강으로 뛰어들지 않고 상처받기 싫어 이런저런 논리를 들이밀었으니까. 물론 서로 욕망하고 좋아했다. 서로 그리워하고 동경했다. 그러나 사랑이라 하기엔 듣는 사랑이 억울하다. 자존심 정도는 버릴 수 있어야 하는 사랑이니까. 그와 나는 자존심을 그 누구 앞에서도 벗어 던질 수 없었고, 앞으로도 그건 무척 힘든 일일 것이다. 우리는 어쩌면 자기 자신조차 제대로 사랑하지 못하는 바보들일 수도 있겠다.

다른 글에서도 몇 번이나 말한 바 있지만 나는 쌀국수와 월남쌈 빅 팬이다. 좁아서 폴짝 폴짝 뛴다. 쌀국수를 태어나서 처음 먹던 날, 맞은편에 앉은 친구가 내게 물었다.

"너, 고수 먹니?"

"고수가 뭐야?"

"이 풀이야. 난 다른 건 다 먹어도 고수는 못 먹어. 심지어는 방아 잎도 먹는데 고수는 진짜 못 먹겠더라. 한번 살짝 맛보고 국수에 넣어."

그 애는 고수는 멀찍이 밀어두고 숙주나물을 한 젓가락 왕창 국수에 집어넣었다. 고수의 잎사귀 하나를 살며시 뜯어 입에 넣어봤다. 아아아, 그 피가 맑아지는 향이란. 나는 당장에 고수와 사랑에 빠져버렸고, 접시 위 고수를 전부 내 국수그릇에 넣었다. 친구는 고수 처음 먹는 애가 고수 좋아하는 건 또 처음 보겠다며 눈이 동그래졌다.

고수는 국수에 넣지 않더라도 간식으로 식탁 위에 올려두고 오가며 씹어 먹어도 좋을 맛이다. (그 향이 너무 좋지만, 고수가 동네 마트에 흔히 널린 것은 아니니 그 짓은 자주 못하겠고 가끔 깻잎이나 씹어 먹곤 한다지.)

쌀국수를 처음 먹어본 그날 그 풍미에 반해서 코스트코에서 파는 쌀국수를 사다가 아이들에게 몇 번 끓여줬는데, 장남만 좋아할 뿐 다른 아이들은 좋아하질 않았다.

나는 쌀국수도 라면처럼 국물이 끓는 냄비에 넣고 같이 끓인 후 먹는 것으로 쭉 알고 살았다. 그러나 그 당연하다 여겼던 조리법은 당연한 게 아니었다.

나를 쌀로 뽑은 면에 대해 돈오케 한 자가 있었으니, 그 이름도 아름다운 '고든 램지' 되시겠다.

나는 '제이미 올리버'는 좋아해도 고든 램지는 좋아하지 않았다. 그가 입에 욕설을 달고 살고, 성질이 더럽고 무례하다 여겼기 때문이다. 수년 전 그 인기 많던 프로그램 「헬키친」도 한 편 보다가 말고 꺼버렸기에, 그에 대해 잊고 있었다. 최근 영국식 영어 악센트에 강한 매력을 느껴서 영국 영어로 된 비디오는 일부러 이것저것 찾아서 시청하다 「헬키친」까지 가버렸다. 이 양반이 너무 성질을 부리니까 대결 참가자가 받는 스트레스를 나까지 받기도 했지만, 내가 응원하는 요리사가 최종회에서 승리하는지 궁금해서 시즌 1만 다 보자며 끝까지 참고 봤다.

그런데 시즌 1의 최종회에서 승리자의 승리를 진정으로 기뻐하는 그를 보며, 나는 고든 램지를 좋아하게 되었다. 처음으로 요리사들보다 그에게 눈길이 더 갔다. 그는 진심으로 사람을 좋아했고, 사람을 좋아해서 요리를 하는 사람이라는 생각이 들었다. 사람과 요리에 최선을 다하는 사람이 바로 그라는 생각.

「헬키친」은 감정노동을 요구하는지라 다음 시즌 말고, 고든 램지가 직접 요리하는 프로그램은 없나 찾아보니 그가 제이미 올리버처럼 단편으로 요리 과정만 보여주는 비디오가 있다는 걸 알게 되었다. 요리 비디오에서 나는 쌀국수의 새로운 요리법을 접했고, 간편하고 새로운 방법을 거기서 배웠다. 이후 쌀국수 요리를 더욱 자주 해먹는다.

일단 쌀국수를 볼에 넣고 뜨거운 물을 붓는다. 12~15분 정도 담가두고 그 사이에 다른 재료를 손질한다. 닭 가슴살을 한입 크기로 그러나 최대한 얇게 자른다. 마늘도 최대한 얇게 저민다. 브로콜리는 닭 크기와 비슷하게 자른다. 팬을 달구고 올리브오일을 붓는다. 닭을 넣고 볶는다. 소금후추 간을 하고, 마늘을 넣는다. 닭이 거의 익어갈 때쯤 브로콜리를 넣고 간장을 넣어 간을 맞추고 색을 낸다. 볶은 고기를 볼에 덜어놓고 팬을 닦아낸 후에 스크램블드에그를 한다. 거기에 익은 면을 넣고 아까

덜어낸 고기를 넣고 같이 볶아서 접시에 낸다. 면과 고기와 야채의 비율은 1대 1대 1이다. 정말 먹어보면 안다. 이건 완벽한 맛이다. 게다가 먹고 나면 속도 편안하고 소화도 잘 된다. 영양학적으로 뛰어날 뿐만 아니라 소화도 잘 되는 음식들이야말로 훌륭한 음식 아니겠는가.

쌀국수 하나를 요리하기 위해 몇 시간씩 여러 재료로 육수를 고아내거나, 인스턴트 스프를 넣지 않고도 완벽한 쌀국수 요리가 완성될 수 있다. 국물을 내는 번거로움을 피할 수 있다는 것도 이 면 요리의 강점이지만, 제일 고마운 점은 면을 냄비에 넣고 끓이지 않아도 된다는 것이다. 전기포트에서 보르륵 끓인 뜨거운 물을 붓기만 해도 뻣뻣하고 날카롭던 국수는 말랑말랑해진다. 이 점이 너무나 사랑스럽다. 다른 냄비를 번거롭게 하나 더 꺼낼 필요도 없다. 버너가 하나 더 필요치 않다. 단지 국수가 잠길만한 그릇 하나면 되는 것이다. 냄비나 버너와 같은 형식이 필요한 게 아니라 그저 충분한 온도와 양이라는 내용이면 족하다는 조건. 그것이 적용되는 요리라니 얼마나 사랑스러운 요리인지. (월남 쌈의 라이스페이퍼가 뜨거운 물에 적시기만 해도 쌈 싸먹기 가능한 피가 된다는 점을 감안할 때 얼마든지 유추할 수 있었던 문제긴 했다.)

어떤 딱딱하고 날카롭던 물체가 충분한 온도와 양에 의해 섬세하고 부드러운 물체로 양질전화를 한다는 것은 과학이자 철학이다.

충분한 온도의 넉넉한 물이 사람 사이에도 필요하다는 것, 버석버석한 계산과 자존심이 아니라 부드러운 배려와 이해가 필요하다는 것을 음식으로 다시금 배운다. 누구 말마따나 사람은 관계 속에서 성장하니, 잘 관계 맺고 잘 성장해야 잘 사랑할 것 아니겠는가. 잘 살 것 아니겠는가.

쌀국수 하나를 놓고 내가 이렇게 말이 많은 것은 단 한 방울만 물을 똑 하고 떨어뜨려놓고, "난 네게 충분히 뜨거웠었어"라고 말한 것을 두고두고 미안해하고 있다는 뜻이다.

굴국밥

Love leaves traces inside me

사랑은 흔적을 남긴다

풍선 같은 것이 둥둥 떠 있다.

어떤 아줌마가 탕 속에 들어가 뒤돌아 앉아 있는데, 그 앞에 풍선처럼 커다란 가슴 두 개가 둥둥 떠 있다. 저 아줌마는 모유를 먹였을까? 생각한다.

나는 탕 속에 잠긴 계단에 잠시 걸터앉는다. 따스한 약쑥탕 속에서 긴장이 스르르 풀린다. 허리를 곧게 펴고 팔을 뒤로 넘겨 스트레칭을 한다. 왼쪽 벽에 걸린 뿌연 시계를 보며 20분을 버티기로 한다. 평일 오전 시간대에는 사람이 많지 않다. 간혹 오가는 사람들을 구경한다. 한 아줌마가 지나간다. 등에 스테고 사우루스처럼 골판이 서 있다. 척추를 따라 한 줄로 선 골판을 보고 깜짝 놀란 나는 내가 알지 못하는 피부 혹류가 세상에 있는 건가, 하는 고민에 빠진다. 이 아줌마가 저 멀리 냉탕을 크게 돌아 내 곁을 지난다. 아, 그건 등에 부황기 다섯 개가 살을 잔뜩 물고 있는 모습이었다. '야매 자가 부황 시스템.' 어떤 뽀얗고 늘씬한 여자가 지나간다. 볼록하고 둥근 이마가 너무 이쁜 처녀로구나, 감탄하는데 그녀가 돌아서자 음모 바로 위에 내 검지만 한 길이의 흉이 보인다. 제왕절개한 자국이다. 출산을 경험한 몸은 다르다. 수술하지 않고 자연분만을 했더라도 다르다. 그것을 사랑이 지나간 흔적이라고 해두자. 남자와 달리 여자는 누군가를 사랑하면 그 흔적을 온 몸에 남긴다. 그 사랑이 끝난다 해도 회복될 수 없는 흔적은 어떤 증명처럼 보인다. 내 몸을 열어 그를 안았고, 내 몸 안에 그의 사랑을 키웠으며, 내 몸의 피를 그의 분신에게 나눠줬으며, 그 생명과 함께 호흡했고, 함께 온몸이 찢어지고 깨지는 통증으로 다시 태어났음을 고백하는 증명처럼 보인다. 그 새 생명에게 젖을 물렸으며 내 젖을 물고 땀이 빠직빠직 나는 작은 이마를 쓸었으며, 내게 자신의 온 존재를 의지하는 그 작은 것을 축복의 말로 다독여 재웠음을 고백하는 증명 말이다. 나는 순간 아연해져 그녀의 이마가 더욱 안쓰럽고 아름답다.

탕 밖으로 나와 내 자리에 앉는다. 발뒤꿈치부터 꼼꼼히 때를 밀기 시작한다. 때를 밀다가 옆자리에 앉은 꼬맹이가 샤워기를 가지고 노는 것을 본다. 아이는 대리석 판 위에 제 엄마 몸에서 튀겨 나온 거품들을 씻어내고 있다. 네 살이나 되었을까? 노래도 부른다. "아기 다암지 또오미가 샬고 이쪄떠요." 귀여워서 슬그머니 웃음이 비어져 나온다. 아이가 실수로 샤워기를 놓치자 물이 화락 덤비듯 튄다. "어머. 죄송합니다!" 아이 엄마가 바짝 엎드리듯 사과를 한다. "아, 아니에요. 괜찮아요. 저도 아이 있어요. 우리 아들들은 학교에 갔지요." 묻지도 않은 말들을 한다. 아이 엄마는 "아, 그쵸오. 그렇게 커야 떼놓고 목욕도 오지요" 하고 부러운 듯 웃는다. 그러더니 "등 밀어 드릴까요?" 한다. "아, 제가 등 민 지 오래 돼놔서 때가 많을 거예요." 그녀는 저도 때 민 지 2주가 되었다고 말하더니, 안티프라민을 타올에 묻히고 비누를 묻힌다. "이렇게 하면 때가 잘 밀리더라구요. 제가 하는 방식으로 밀어드릴까요? 저희 엄마랑 저랑 사우나 족이거든요" 한다 "아… 그럼… 먼저 절 밀어주시면 제가 똑같이 따라 해드릴게요." 젊은 아이엄마는 안티프라민을 비누랑 함께 묻힌 분홍 때수건으로 내 등을 민다. 시원하다 싶은데, 내 오른팔을 뻗어 대리석 판을 잡으라고 한다. 잡았더니 팔도 같이 민다. "아, 그러지 마세요. 등이야 손이 안 닿지만."

"아니에요. 어깨랑 팔이 너무 약해서 세게는 못 밀겠어요. 미는 김에 밀게요" 한다.

"살이 배랑 허벅지로 다 가네요" 하고 나는 웃는다. 이 새댁을 내가 밀 차례다. 자기 때수건에 안티푸라민과 비누를 묻혀서 내민다. 여자의 등을 문지르고 그녀가 내게 했던 것처럼 팔을 문지른다. 아, 순간 이 여자가 내게 건넨 내가 약하다는 말의 뜻을 실감한다. 마치 흑인의 몸과 같은 탄탄하고 검게 윤기 나는 두 팔. 당신은 참 건강하고 어여쁘다고 말해주고 싶었다. "피부가 너무 예뻐요"라고 말하자, 그녀는 쑥스럽게 웃으며 "아니에요. 아줌마 돼서 팔뚝만 굵어지고" 하더니 멋쩍어 한다. 나는 그녀가 내게 한 만큼 찰지게 그녀를 씻겨줄 수 없다. 나와 그녀의 힘은 큰 차이가 있다. 그녀에게 미안해진 나는 내가 쓰는 갈색 스크럽제를 내민다. "이거 혹시 없으심 쓰실래요?" 그녀는 화들짝 놀란다. "안 그러셔도 되는데. 아유, 이렇게 많이 남은 걸 주시나요? 거의 새 것 같은데." "네. 거의 새 것이니 드리지요. 저는 집에 또 있어요.(음… 정말 있나?)" 그녀는 웃는다. 여자는 나가고 나는 머릴 감고 양치를 한다. 물을 대충 털고 유리문을 밀고 밖으로 나온다.

세안 후 3초 안에 얼굴에 뭘 발라야 노화가 늦어진다고 잔소릴 여기저기서 얻어 들은 터라, 딴 건 안하니 그거라도 충직하자는 심정으로, 무려 얼굴 때까지 밀었는데 그래야지, 하는 결심으로 미스트를 북북 뿌리고 옷을 입는다. 다음번엔 바디로션을 꼭 챙겨 와야지 굳은 다짐도 한다. 새 속옷을 챙겨 입고 검은 도트 무늬가 있는 보라색 미니 원피스까지 입고 나자 머리를 말려도 되겠다는 생각이 든다. 파우더룸 쪽 의자를 벽 쪽으로 당겨와 달칵 선풍기를 튼다. 뒷머리와 등으로 선풍기 바람을 맞으며 허기진 나는 목욕탕 바로 앞에 있는 굴국밥집을 떠올린다.

내가 뭘 좋아하는지 동생에게 물어보고 내가 퇴원하던 날 굴국밥을 해놓았던 당신을 떠올린다. 첫 아이를 낳고 부풀어 오른 가슴이 무겁고, 벗겨진 젖꼭지가 따가워서 허리를 제대로 펴지도 못하던 나를 위해 당신이 끓여두었던 굴국밥. 미역과 굴을 많이 넣고 끓여 파르라니 뽀얗던 국물. 굴국밥 전문점과 비교조차 할 수 없게 많은 굴을 넣었지. 그 굴 반 국물 반이던, 내가 좋아하는 부추를 넣어 시원하게 깔끔했던, 당신의 요리를 생각한다.

땀을 비처럼 흘리던 당신이 싱크대 앞에서 웃었던가. 바보같이 웃었던가.

그런 날이 다시는 돌아오지 않을 거라는 걸 모른 채.

단호박 찜

Think outside the box

그 상자의 밖에서 생각해 보세요

"알아."

이 말을 생각해보았다. 내가 안다는 것을 네게 전달하기 위해 다른 동사로 된 문장을 쓸 순 없을지 생각해보았다. (그대도 내 수다를 읽기 전에 잠시 눈감고 생각해보시길.^^)

1. 모르진 않아.
2. 이미 배운 거야.
3. 전에 읽은 거야.
4. 벌써 들은 적 있는 걸.

5. 본 적 있어.

6. 이해했어.

7. 전혀 새롭지 않네.

8. 그러게 내가 뭐랬어?

9. 내 말이 그 말이야.

10. 너만 알면 전세계 60억이 다 안다고!

등의 문장으로 바꿔 쓸 수 있겠다. 글쓰기는 이런 면에서 발랄하다. 하나의 표현이 여러 개의 다른 표현으로 바뀌는 순간이 있기에 글쓰기는, 때로 우울하지 않고 즐겁다.

어린 시절 친구들과 숙제를 하다가 직선을 그을 일이 있었다. 아무도 자가 없었다. 나는 교과서를 덮고 그 한 면을 이용해서 직선을 그었다. 교과서의 면에 연필로 점을 찍어 표시해놓고 비교적 정확한 간격으로 그렸다. 친구들이 감탄하며 나를 더욱 사랑해줬다. (음?) 직선을 그을 때 자만 이용할 수 있는 건 아니다. 책이나 노트, 파일, 신문지, 심지어 젓가락으로도 가능하다.

글쓰기, 직선 긋기, 원 그리기, 요리하기 등의 일에서 기존에 알던 방법에 얽매이지 않고, 새로운 생각을 적용할 때 기분 좋은 결과물들이 나온다. 더구나 그 결과물이 입에 넣을 수 있는 것이라면, 먹어서 내게 흡수되어 피와 힘이 되어준다면 좋은 기분이야 더할 나위 있겠는가.

나는, '나도 요리에 어느 정도 자신이 있다'고 생각하게 된 순간 (이상하게도) 새로운 것을 시도하는 일을 멈췄다. 사실 새로운 요리를 시도하지 않는다는 사실조차도 잊고 살았다. 이미 알고 있는 것들만으로도 해 먹을 게 많았으니까.

그럴 때, 늘 먹던 식재료로 만든 새로운 음식을 알게 되면 기쁘다. 그 요리들을 모니터나 책으로 알게 되는 것도 좋지만, 내가 좋아하는 이가 날 위해 손수 지은 요리라면 더욱.

페이스북을 통해 나와 가장 먼저 구미에서 친구가 된 이는 플루트를 부는 음악 선생님이었다. 사는 지역이 나와 같았기에 그녀는 내게서 영어를 배우고, 나는 그녀에게서 플루트를 배우기로 했다. 나는 한 달 가량 배우다 포기했다. 무엇보다 어지러워서 힘들었다. 내 일찍이 단소와 소금에서는 천부적인 소질을 보였으나, 플루트에서 그 기본기인 투투투를 하다가 쓰러질 지경이었다. 생존을 위해 포기할 밖에.

그러나 그녀는 꾸준히 학원에 와서 영어를 공부했다. 책이 한 권 끝나고, 두 권 끝나고, 몇 권이나 했나, 기억이 가물가물할 때쯤, 그녀는 인근 중학교 음악교사로 발령 받았다. 그 바람에 더 이상 영어공부를 하러 올 수 없게 되었다. 하지만 그때 우린 이미 나이를 떠난 친구가 되어 있었다. 서로에게 학생은 더 이상 아니었지만, 우리는 가끔 만나 점심을 먹기도 하고 가끔 금오산에 함께 오르기도 했다. (정상까지는 아니고!) 어느 날, 그런 그녀에게서 자기 집에 놀러 오라는 전화가 왔다. 밥을 같이 먹자는 거였다. "나 지금 친구랑 같이 있어요"라는 대답에 친구도 같이 오란다. 허, 포근하기가 봄 햇살과도 같도다.

친구와 그녀의 집엘 갔다. 배달음식 같이 시켜먹어야지, 생각하고 있던 나와 달리, 그녀는 단호박찜이라는 요리를 하고 있는 중이었다. 그때가 벌써 몇 해 전이었으니 당연히 나는 처음 보는 음식이었다. 오리도 단호박도 쌀도 너무나 잘 알고 있던 식재료였지만 그녀는 그 재료들을 가지고 전혀 다른 요리를 만들어 내왔다. 식당 카운터 앞에서, 이번엔 내가 내야 해! 하고 "매번" 말하던 그녀의 넉넉함이 호박 그릇 안에 가득 가득 담겨 있었다. 나는 원래 호박을 좋아한다. 단호박, 애호박, 늙은호박 다 좋아한다. (심지어는 호박꽃도 좋아한다. 호박꽃은 튀겨주고 호박잎은 쪄주시던 어머니 밑에서 자란 덕이다.)

우리 집은 단호박을 쪄놓고 식으면 글라스락에 담아 냉장고에 넣어뒀다가 사과 깎듯 껍질 벗겨 간식으로 먹는다. 그냥 쪄 먹거나 아이들 먹으라고 튀기거나 하던 단호박이 변신을 했다. 동그랗게 훈제 오리를 품고는 꼭지 부분은 뚜껑이 되어 닫혀 있었다. 뚜껑을 열고, 칼집을 수박 자르듯 넣고, 수박 쪼개듯 몸통을 자르자, 호박은 360도로 펼쳐졌다. 와우, 그 안에 훈제 오리와 찰밥이 들어 있었다! 그건 그녀가 내게 더 이상 어지럽지 말라고 선물하는 보양식이었다. 쫄깃하고 고소한 오리와 견과류

그리고 순하게 달콤하고, 순하게 단단한 단호박의 맛. 그 맛들의 새롭고 유연한 조화, 정말 맛있었다.

그 이후 그 단호박찜을 우리 아이들에게 해주려고 보니, 아이들은 찰밥을 싫어했다. 그래서 궁리 끝에 떡볶이 떡을 대신 넣어 오리 볶을 때 같이 볶아, 호박 속에 넣고 쪄줬더니 맛있게 잘 먹었다. 입술을 오물거리며 즐겁게 먹는 아이들을 보자, 그녀가 생각났음은 두말할 것도 없다.

사람을 집으로 불러 밥해 먹이던 따스한 그녀의 마음은 지금 생각해도 조용히 나를 행복한 기분으로 이끈다. 시간이 흐른 지금 그녀는 두 아이의 엄마가 되었고 얼굴을 보기는 더욱 힘들어졌다. 내가 그녀에게 새롭고 근사한 보양식을 해줄 수 있을까? 그런 날이 올까?

생각하면 미안하고, 생각하면 아련하기만 하다.

만두전골

Taking a trip down memory lane

추억으로의 여행

전남편에겐 외할머니가 계셨다. 그를 키운 분이다. 시어머니는 직원을 두긴 했으나 오십 명이 넘는 시아버지의 공장 사람들에게 밥해 주느라 늘 바쁘셨고, 아이는 셋이었다. 이럴 경우 장자가 그 피해를 고스란히 입는다. (부모가 키우건 아니건.)

그는 젖도 떼기 전부터 외할머니 손에서 자랐다. 어미에게서 떨어져 나온 핏덩이가 가여워 할머니는 자신의 아들들보다, 나중에 아들이 장가가서 낳은 친손주보다, 전남편을 귀애하셨다고 한다. 할머니는 외손주가 너무 이뻐서 나까지 이뻐하셨다. 날 보면 좋아서 웃으셨다. 이른바 엑스 시월드에 그리운 사람이 있다면, 친구들이 알면 기가 찰 노릇이겠지만, 나는 가끔 그분이 그립다. 허허허 웃으시던 모습이 그립다. 나는 지금도 이 글을 쓰면서 할머니가 그리워 눈물이 난다. 빠글빠글한 회색 파마머리도 그립고, 눈꼬리가 쳐진 두 눈도 그립고, 낮은 콧대도 그립고 웃을 때마다 보이던 은니금니 다 그립다.

절에 다니신다던 양반이 어느 날 불쑥 성경책을 꺼내와 큰소리로 읽는 바람에 모두 빵 터진 기억도 난다. 할머니 갑자기 왜 그러시냐니까, "천국 갈라고 그런다!"고 외치듯 답하셨다. 그처럼 아이와 같아서 천국에 이르셨으리라.

할머니는 원래 대전 분이셨지만, 말년에 할머니의 장남이자, 시어머니의 남동생이자, 전남편의 외삼촌 되는 분이 옥천에 집을 사고, 할머니를 그 집으로 모셨다.

대전 전역이 동네 마실이었던 할머니가 옥천에 내려가시면서 급격히 노쇠해졌다고 시어머니는 속상해 하셨지만, 그게 징역살이가 아니고 대체 뭐겠냐고 시어머니의 불만이 하늘을 찔렀지만, 시어머니가 대전에 따로 집을 사서 모실 수 있는 상황이 아니었기에, 장자의 선택을 받아들일 수밖에 없었다.

가끔 옥천 할머니 댁에 가면, 집보다 너른 마당에 상추와 깻잎, 옥수수와 열무 등을 잔뜩 심어두시고는, '에혀, 나는 저것들이 똥파리만큼 귀찮아 죽것서' 하는 표정으로 바라보고 계셨다.

항상 우리가 갈 때마다 하는 말씀 중 동일했던 것은 "밥 먹고

가!"였다. 그리곤 장자가 사다두었거나, 장녀가 사온 고기를 구우셨다. 고기를 구우면 마당의 상추와 깻잎 외에도 생강 잎을 따주셨는데, 생강 잎을 쌈에 싸먹으면 그 향긋함은 이루 말할 수 없이 나를 행복하게 만들곤 했다.

댓잎과도 모습이 닮은 연한 생강 잎을 상추 위에 반으로 접어 넣고, 고기 한 점 넣고, 직접 담근 장으로 만든 쌈장 한 젓가락 떠 넣고, 쌈 싸 먹어보았는가. 생강의 뿌리 말고 그 잎을 먹어 보았는가. 생강의 갓 딴 연한 잎을 먹어 보았는가. 만약 먹게 된다면, 이런 생각이 들 것이다. 그간 먹어 온 삼겹살이 억울하다!

옥천 할머니를 뵈면 돌아가신 우리 외할머니가 생각나기도 하고, 또 이유 없이 마음이 아파서, 항상 어깨를 주물러 드렸었는데, "아유, 너 팔 아파. 하지 마" 하시면서도 가만히 돌아 앉아 어깨를 대고 계셨다. 귀여운 할머니.

어느 여름 날, 할머니 댁에서 잘 놀고 나오려는데 할머니가 상자를 하나 꺼내주신다. "니네 집에 이게 없더라" 하며 건네시기에 보니까 전골냄비였다. 아마 옥천 읍내에 가서 사다두신 모양이다. "아이고, 돈을 주면 꼭 저런다니까!" 시어머니가 한소리 하신다. (시어머니가 일주일 전에 할머니께 용돈을 한 10만 원 찔러주고 나오셨던 모양이다.)

할머니는 뙤약볕을 걷고 걸어, 마을회관을 지나, 버스를 탈탈탈 타고 장에 나가셨겠지. 고르고 골라 제일로 '땐땐한' 놈을 집어 들고는 셈을 치르셨겠지. 그 무거운 걸 들고 다시 탈탈탈 버스를 타고 집으로 돌아오셨겠지. 돌아오는 길에는 무릎이 아파 나무 아래에서 잠시 쉬기도 하셨겠지.

그 전골냄비를 어떻게 버리겠는가.

나는 기억을 꺼내듯 가끔 꺼내 닦아서 그것을 쓴다.

만두전골을 할때, 육수는 백숙을 하고 나온 닭육수를 사용하면 좋다. 고추장 1큰술과 다진 마늘 1큰술을 육수에 넣는다. 살이 통통한 감자 1알과 싱싱한 애호박 적당량을 큼직하게 썰어 넣고 끓인다. 한 번 끓어오르면, 마트에서 사온 합성 첨가물이 들어가지 않은 만두를 넣고 봉화에서 온 고춧가루와 들깨가루를 더한다. 버섯이랑 대파를 넣고 같이 끓인다. 깻잎도 넣어주면 향긋해진다. 혹시 당면을 좋아하면 불려서 같이 넣어주거나 얇은 불고기감 소고기를 같이 넣어줘도 좋다.

모두 모두 모여 하나의 음식이 되어 우리 아이들에게 흘러 들어간다. 그중에 가장 좋은 것들만 골라서 흘러 들어간다.

고추잡채

Tomorrow is another day

내일은 또 다른 날

전남편이 외도를 해서 내 신뢰를 깬 것은 아니었다.

신뢰가 깨져서 이혼을 했다고 하면 보통 묻기를, 둘 중 누가 바람을 폈나요? 하는 것이다.

그러나, 그도 나도 외도를 한 것은 아니었다. 나는 그의 행동에서 인간의 바닥을 보았다.

"혜선아, 너를 어떻게 하면 좋겠니?"

"내가 너를 이렇게 안고 있다는 게 믿기지가 않아."

하고 절절한 사랑을 담았던 눈에, 자신과 나에 대한 믿음을 담았던 눈에,

세상에 대한 불만과 자기 자신에 대한 불신과 자기 자신에 대한 수치를 담고, 또 분노를 꾹꾹 눌러 담아 찌르듯 나를 노려보게 된 변화에서 사람에 대한 신뢰를 잃었다.

태어나자마자 너무 아파서 내가 안아주지 않으면 잠을 잘 수 없었던 아이를 밤새 안고 있느라, 아이의 천기저귀를 삶아 빨고 밥을 짓느라, 부대 손님들 접대를 위한 칼질을 하느라 시큰거리게 된 내 손목을 잠결에도 따스하게 감싸 쥐던 남자의 기다란 손이, 나를 소중하게 어루만지던 손이, 나를 아프게 할 때, 나는 사람에 대한 신뢰를 잃었다.

내가 그토록 매력을 느꼈던 차분한 눈동자가, 탄탄한 어깨와 매끈한 팔과 긴 손가락이, 감당할 수 없는 고통과 슬픔으로 돌변해서 나를 파괴했다.

그때 나는 위가 헐었고, 혀가 부르텄고, 심장이 상했다.

위와 혀, 심장은 아직도 회복되지 않았다. 그때 상한 위장은 신경을 과하게 쓰면 진땀과 눈물이 날 정도로 아프다. 움직일수 없을 정도로 아프다. 진경제와 진통제를 넣은 수액을 넣어야 가라앉는다. 그때 부르튼 혀는 끝이 떨어져 나가 병원 치료를 받았음에도 때로 내 모국어로 말함에 있어서조차도 발음이 샌다. 또, 상한 심장 탓에 나는 아무렇지 않은 일에 깜짝깜짝 놀라서 옆 사람을 더 놀래킨다.

내게서 신뢰를 앗아간 것은 이미 끝난 사랑이고, 이미 끝난 관계인데, 그것은 오래도록 강한 물리력으로 작용하며 나를 휘두른다.

내게서 신뢰를 앗아간 것은 내 목을 조르던 사람인데, 나는 내가 아끼게 된 사람, 내가 사랑하게 된 사람, 이미 마음에 들어와 버린 사람을 밀어내려고 한다.

그러나 그것은 알아차리기 힘든 일이어서, 일이 진행되고 있을 때는 알아차리지도 못하다가, 문득 고개 들어보면, 어느덧 누군가를 밀어내고 뒤돌아 도망치는 나를 발견하기도 하다.

불안정하고 불완전한 내가 그를 할퀴는 일을 여기서 멈출 수 있다면, 나는 이에 굴복할 수밖에 없다는 결론을 내리고 뒤돌아선 적이 있었다. 그러나, 그것은 당신을 아프게 하고 싶지 않아, 라는 쉬운 말로 나를 보호하려는 기제에 있었다.

한 발만 관계에 담그고, 한 발은 언제든 문을 닫고 나가려고 관계 밖에다 두는 비겁함.

나의 비겁함을 깨달은 어젯밤은 두 시간을 울었다. 나이 마흔에 흑흑 흐느끼다가, 끄윽끄윽 울었다. 이 비겁함은 전남편 혹은 나의 어린 시절에서 온 상처에서 기인하지만, 현재의 모든 관계에 영향을 미친다. 심지어는 내가 낳은 내 아들에게도 작용한다. 나는 더 이상 장남에게 상처를 받고 싶지 않아, 아이를 밀어낸다. 아이의 거짓말이 힘들다는 이유로 한 아이의 엄마가 아니라, 성인이 아니라, 어린아이처럼 굴고 있는 것이다.

어쩌면 울 수 있다는 것은, 아주 다행한 일인지도 모른다. 내 상태를 정확히 알았다는 증거니까.

어제 울었기에 나는 오늘 이렇게 글을 쓴다. 그리고 어제 울었기에 나는 오늘 밥을 짓는다.

어제 울게 만든 그 레시피를 오늘은 웃게 만드는 레시피로 바꿀 거다.

고추잡채는 결혼시절 살던 감옥 같았던, 집 전화밖에는 소통 수단이 없었던 곳, 군인아파트에서 배운 것이다. 유나라는 예쁜 딸을 둔 군인 가족에게서 배운 것이다.

마트에서 잡채거리로 잘라진 고기를 사다 양념에 일단 재운다. 돼지고기, 소고기 상관없다. 마트에서 잡채용으로 잘라서 파는 고기 한 팩이면 4인 가족 배부르게 먹는다. 고기 300그램에 간장 3큰술, 다진 마늘 2큰술, 설탕 1큰술과 후춧가루 약간 양념해서 재운다. 고기 재우는 동안 각종 채소를 채친다. 양파나 피망 혹은 고추가 있다면 고추도 괜찮고 당근도 괜찮고 양배추도 괜찮다. 채소는 풍성하면 좋다. 냉장고 속 자투리 채소도 활용하자. 말린 표고가 있다면 물에 불려서 사용해도 좋다. 단단한 당근과 양파 먼저 볶다가 얼추 익으면 고기를 넣고 같이 볶는다. 마지막으로 양배추와 피망 등을 넣고 굴소스와 고추씨

기름을 한두 바퀴 슬쩍 두르며 한 번 더 후르륵 볶으면 끝이 난다. 정말 쉽다. 양배추와 피망을 마지막에 넣는 이유는 이 두 재료는 아삭아삭해야 맛있기 때문이다. 고기나 양파처럼 팍 익으면 그 풍미가 떨어진다. 고추씨 기름도 나중에 넣어야 쨍하게 매우면서 고소한 맛이 난다. 그리고 나중에 넣으면 식구들의 취향에 따라 맵기의 강도를 마지막에 조절할 수 있다는 장점도 있다. 매운 걸 좋아하면 고추씨기름을 넉넉하게 두르는 것이다. 잡채를 볶는 동안, 꽃빵도 곁에서 같이 쪄내면 한 끼 훌륭하다. 아무런 것도 첨가되지 않아 뽀얗기만 한 꽃빵과 쨍하고 화려한 색과 맛의 잔치인 고추잡채를 같이 먹는 일은 장난꾸러기와 즐겁게 노는 느낌을 준다.

"나"라는 나무를 땅에서 억지로 파내 뿌리를 싹둑 잘라 외딴 곳에 갖다 박아둔 듯 쓸쓸하고 외롭던 시절 배운 요리가 지금은 여러 사람에게 맛나다는 인사를 듣는 요리가 되었다. 고추잡채를 먹을 땐 그러니 항상 웃는다. 오늘 울었다고 내일도 울라는 법이 없다는 것은 이것만 봐도 확실하다.

참치 비빔밥

To love deeply in one direction makes us more loving in all others

한 방향의 깊은 사랑은 다른 모든 것들을

더욱 사랑하게 만들지요

일요일이다. 나는 일거리가 있어 학원에 나와 있고, 준우는 학원 근방에서 친구들과 놀고 있다. 준우에게 문자를 보냈다. "엄마는 학원에 있으니, 언제든지, 무슨 일이든지, 도움이 필요하면 전화해요. 사랑합니다, 준우."

이런 문자를 보낸 이유는 아빠 없는 아이가 의기소침할까 염려하는 마음에서다. 두 바퀴를 달고 쌩쌩 달려야 하는 아이가 자기만 바퀴 하나가 바람이 빠졌다고 혹은 친구들과 달리 자기만 바퀴가 하나라고 비교하고 의식할까봐 염려하는 마음에서다.

아는 분들 중에 어릴 때부터 아버지가 없었던 분들이 몇 있다. 그 분들 중에는, 자라며 친구들에게 한 번도 싫은 소릴 못했다는 분이 있다. 아버지가 없다는 것이 늘 무의식을 짓눌러 누가 부당한 주먹을 자신에게 휘둘러도 단 한 번도 부당하다고 맞서질 못하고 그냥 맞기만 했다는 분이 있다. 이 이야기를 듣고 얼마나 마음이 아프던지. 하다못해 집에 아픈 아버지가 있거나, 건강한 부모가 부부싸움을 해도 어린 마음에 그늘이 지고 기가 죽을 텐데……. 오죽하랴, 집에 아버지가 아예 없다는 그 결핍과 공백감은.

그러나 아버지가 집에 없는 것은 내 아이의 명백한 현실이고 이 현실로 인해 나는 때때로 마음이 아프지만, 아무도 안 볼 때 혼자 울기도 하지만, 아이들이 아침에 학교에 갈 때마다 "아참, 우리 집에는 아빠가 없지? 아참, 나는 아빠 없는 아이지?" 하는 생각을 가슴에 아로새기고 집을 나서지는 않는다는 것을 안다. 다만 아침 식탁에 앉았을 때 기분이 어땠는가, 또 구멍 난 양말만 있었던가, 엄마의 표정이 어땠는가, 엄마가 자신의 이야기에 귀를 기울였는가, 엄마가 자기를 귀찮아했는가, 형이 짜증을 냈는가 하는 등의 아침에 일어난 일들과 기분이 아이의 하루를 좌우한다고 나는 굳게 믿는다.

하여, 나는 아이를 무례한 방법으로 깨우거나 아침에 아이에게 화를 내지 않도록 애쓴다. 자연스럽게 물이 물속으로 흐르듯 밤 지나면 아침 오듯, 그렇게 하루의 일상이 굴러가도록 마음을 쓴다. (내가 겉으로는 아무 생각 없어 보일 수도 있다.) 아이가 늦잠을 자서 밥 먹을 시간이 없는 듯하면, 주먹밥을 얼른 만들어 이것저것 준비하며 집어 먹을 수 있게 돕거나, 빵에 설탕덩어리 잼보다는 꿀을 발라준다. (딸기잼 만들기 귀찮아서 안 만드는 게 절대 아니다.) 그것도 아니면 그냥 지각하라고 둔다. (지금 지각하지. 언제 또 하겠나. 지각 좀 해 보면 알 테지. 그로 인한 손해를.) 서로 시간이 좀 많은 날은 아이들이 좋아하는 고기를 볶거나 생선을 자작하게 조린다. 아침을 맛있게 먹는 것, 배가 고파 짜증이 나거나 우울하지 않는 것. 아침에 뭐라도 씹는 저작활동으로 뇌를 깨우는 것. 이것보다 중요한 일이 또 있을까.

학교 숙제를 두 팔 걷어 내 일인 양 해치우고, 비싼 옷을 사주는 일보다, 아침밥을 맛있게 먹고 아침에 기분 좋게 집을 나서도록 돕는 평범한 기본이 지켜질 때 아이들은 지혜와 키가 자란다고 믿는다. 내가 할 일은 아이를 진두지휘하고, 아이를 내 말 잘 듣게 만들고, 아이를 1등 하게 밀어 붙이는 일이 아니라, 혼자 힘으로 해결할 수 없는 일을 돕는 것이라고 믿는다. 내 소명은 아이들이 하고픈 일을 하게끔 도와주는 일. 그리하여 기분 좋게 자라도록 돕는 것. 이것은 너무나 단순하고 자명한 일이다. 하여 나의 기도라면 이것이다. 아이들의 기도가 이루어지길. 아이들이 하고픈 일을 하고 살길. 아이들이 하고픈 일이 자신과 세상에 도움이 되는 일이길. 자신만 잘나고 자신만 위하고 자신만 똑똑해서 좌정관천하는 삶이라면 아이들 연봉과 지위가 높더라도 나는 무척 비위가 상하고 부끄러울 것 같다.

그러려면 내게로 온, 내가 값을 치른 바 없는, 이 귀한 선물들을 어떻게 대해야겠는가. 잘 먹여야지 뭐.

그게 일단 기본이고 다른 건 다음에 생각할 일. 가끔 애들 공부는 많이 시키면서 인스턴트로 애들 해 먹이는 엄마들을 보는데, 외식이 주를 이루는 엄마들을 보는데, 그 분들은 나와 반대의 지점에 서 있는 거 아닌가, 하는 생각을 하곤 한다.

저 문자를 보낸 날 귀갓길에 준우에게 물었다. 집에 갈 때 뭐 사갈까? 준우가 대답하길, 참치요! 아, 참치는 생태 피라미드 최상위 어종이라 안 산 지 한참 되었는데, DHA랑 단백질을 한 번쯤 먹는 것도 나쁘지 않겠지?

오늘 저녁은 준우 바람대로 참치 비빔밥이다. 참치로는 찌개도 끓일 수 있고, 김밥도 말 수 있고, 전도 부칠 수 있지만, 오늘 같은 여름날에는 신선한 야채가 지천이니, 또 무엇보다 준우가 먹고 싶다고 하니. 비빔밥을 해 먹도록 하자. 우리 김 여사(아호는 대충, 대충 김 여사이신 울 오마니)의 집 앞 마당에서 딴 상추, 깻잎, 치카레를 잘게 채 썰고, 참치를 넣고, 자반 김을 뿌리고, 계란 프라이를 올린 후, 김 여사표 고추장을 푹푹. 마지막으로 참기름 한 방울 똑. 커다란 스테인리스 볼에 다 같이 얍얍얍 비벼서 앞 그릇을 놓고 다 같이 둘러 앉아 퍼먹으면 된다. 그러면 먹고 싶어서 먹는 준우 뿐만 아니라 채소 싫어하는 준혁이도 맛있다고 먹는다. 자기가 좋아하는 계란 맛, 고추장 맛이랑 참치 맛이 달고 뜨거운 밥에 섞여 있기 때문이다.

엄마의 엄마인 구미 할머니 텃밭의 채소들을 자신이 푹푹 먹고 있다는 사실을. 야채 먹으면서도 인상 쓰지 않고 웃고 있다는 사실을 모른채 말이다.

팥빙수

Children are the God's Will

아이들은 신이 보여주는 의지

우리 학원에서 창을 열면 아들들이 다니는 초등학교가 보인다. 노는 아이들이 보인다. 내가 가르치는 학생이 친구와 놀이터에 앉아 노는 게 보이고, 축구공을 따라 뛰어가는 게 보인다. 친구의 그네를 밀어주는 게 보인다. 때로는 누구누구야 수업해야지, 하고 불러올리지만 가만히 지켜보기만 할 때도 있다. 놀고 있는 아이의 흥을 깨서 공부하라고 불러올리는 게 미안하기 때문이다. 학교 수업, 방과 후 수업, 영어, 수학, 역사, 논술, 피아노, 미술, 수영, 태권도, 검도, 과학, 중국어 각종 학원들, 스마트폰, 피시방……. 너희는 대체 언제 노니? 너희는 언제 책을 읽니? 너희는 언제 골똘히 생각해보니? 너희는 언제 멍을 때리니?

나라에서는 사교육을 제한해보겠다고 방과 후 교육을 강화했다. 그러자 아이들은 방과 후만 다니고 학원을 안 다니는 게 아니라, 방과 후를 하고 난 뒤 학원으로 향하게 되었다. 방과 후에서 컴퓨터, 한자능력시험, 로봇과학, 창의 요리 등을 하고 다시 학원으로 향하는 아이들이 대다수다. 학교의 공교육을 강화하고 경제적 부담을 주는 사교육을 억제하기 위함이라는데, 대체 공교육을 강화한 분은 자신의 아이에게 사교육을 안 시키고 계신지, 그 현장에 계신 일선 교사는 자신의 자녀를 학원에 안 보내고 있을지 의문이다. 여타의 위정자들께서는 자신의 자녀를 과외나 다른 사교육 없이 양육중이실지 정말 의문이다. 학원에 보내고 안보내고가 중요한 것이 아니라 아이에게 맞는 것, 아이에게 필요한 것을 그것이 학교에서 취할 수 있는 것이건 사교육에서 취할 수 있는 것이건 선택해서 이용하는 지혜가 필요한데 그게 어디에 처박힌 건지 나는 정말 모르겠다.

대부분의 아이는 방과 후도 하고 학원도 다닌다. 그러다보면 저녁 먹을 시간에나 집에 들어가거나 아니면 저녁 먹을 시간을 훌쩍 넘겨서 집에 들어간다. 길거리에서 컵볶이나 콜팝을 들고 학원차를 기다리고 있는 아이들은 정형화된 동네 풍경이기도 하다. 어떤 분의 말에 따르면 학원에서 열심히 공부 안 하는 거 다 아는데, 아이가 밖에서 놀면 위험하니까, 그냥 안전한 장소에 있으라고 친구 사귀라고 보낸다고도 한다. 세상에, 밖은 위험하고 안은 안전하고, 밖에선 친구를 사귈 수 없고 안에선 친구를 사귈 수 있고, 어쩌다 우리가 사는 세상이 이렇게 되어버렸나.

이러면서 무슨 출산율이 저조하다고 독신주의자들을 비난할까. 무자녀주의자들을 이기적이라고 욕할까. 이미 세상에 나와 있는 아이들에게, 너무나 허무하게 세상을 뜬 아이들에게 죄스럽고 미안한 현실인데 말이다. 입시지옥의 나라에 태어나게 해서 미안해. 취업 전쟁터에 내보내기 미안해서, 잠든 아이의 이마를 쓸며 사죄하고픈 심정인데. 무엇이 중요하고 시급한지 외면하는 이들의 목소리가 크고 힘도 세다.

나는 내가 어린 시절 멍 때린 시간이 중요하다는 것을 잘 알고 있다. 지금도 내가 너무 심심해 미치겠을 때 뭔가 중요한 것이 내 안에서 나온다는 것을 잘 알고 있다. 교육이라는 미명하에 아이들에게 정보와 지식을 집어넣는다고 아이들이 앞날을 살아가는 데 중요한 어떤 것이 내면에서 나오는 게 절대 아니라는 말이다.

음모가 아닐까? 이거 정말 음모가 아닐까?

생각하지 않고 시간이 되면 그 시간에 맞게 딱딱 피아노학원에서 영어학원으로, 영어학원에서 수학학원으로, 수학이 끝나면 대기하고 있던 태권도 차로 옮겨 타게끔 만들어서 딱딱 주어진 시간 안에 반항하지 않고 시키는 대로 업무를 수행해내는 노동자를 생산하려는 음모 말이다.

과연 영어는 이제 우리말의 한 부분이 되어버려 제2의 일제시대처럼 되어버렸는데 어른들이 이렇게 만든 세상에서 너희들은 뱅글뱅글 도는구나.

(컵, 컴퓨터, 스마트폰, 노트북, 테이블, 빽, 박스, 도어락, 믹서, 드라이어, 핫팬츠, 펜, 파일, 샴푸, 에어컨, 핸드크림 등 우리말인지 외래어인지 이제는 따지는 일도 피곤할 지경이다.) 공부를 안 할 수 없게 만들어 놓고 공부를 안 해도 된다고 말하는 것도 참 웃긴다. 공부 안 한 애가 아무런 불이익을 당하지 않게 다른 뭔가에 신나게 몰입하게 제도적 장치가 되어 있는 것도 아니면서 말이지.

물을 사 먹는 세상, 수험생을 위한 산소 캔이 출시되는 세상에서 너희는 앞으로 어떻게 살아갈까.

내가 가장 좋아하는 책 중 하나인 코맥 맥카시의 『더 로드』에 이런 구절이 나온다.

> 남자는 회색빛이 비치자마자 일어났다. 소년은 그냥 자게 놓아두고 길까지 걸어가 쭈그리고 앉아 남쪽 땅을 살폈다. 황폐하고, 고요하고 신조차 없는 땅. 10월일 것 같다고 생각했으나 자신은 없었다. 날짜를 확인하지 않은 지 몇 년은 되었다. 그들은 남쪽으로 이동하고 있었다. 이곳에서 한 번 더 겨울을 난다는

것은 죽음을 뜻했다.

(…)

이윽고 남자는 그냥 쌍안경을 들고 앉아 회색 날빛이 땅 위에 응고되는 광경을 지켜보았다.

남자가 아는 것이라고는 아이가 자신의 근거라는 것뿐이었다. 남자가 말했다. 저 아이가 신의 말씀이 아니라면 신은 한 번도 말을 한 적이 없는 거야.

이 책은 지구가 멸망한 후를 그리고 있다. 당장 내일 먹을 것도 없는 상황이라 인육을 먹는 이들도 적지 않은 그야말로 생지옥의 현장이다. 암흑천지의 세상에 남자는 자신의 생명보다 아이를 보호하는 일을 귀하게 여긴다. 나는 "아이가 신의 말씀이 아니라면 신은 한 번도 말을 한 적이 없다"는 구절을 읽다가 소름이 돋았다. 동의를 그것도 아주 강한 동의를 했기 때문이다.

지구의 가장 큰 재난은 전쟁이 아니라, 온난화, 얼음화, 가루화가 아니라 평온한 상태에서도 아이를 낳지 않는 것은 아닐지. 어른 중 아이 아니었던 어른이 없는데… 나는 마음이 아프다. 준서 때는 6반까지 있던 학교가 준우가 다니는 지금은 이제 3반까지밖에 없고, 학교 앞에 네 곳이나 있던 문구사가 하나로 줄었다. 준서 때는 고입 시험을 치르고 고입에서 떨어진 애들은 구미에서 고등학교를 못 갔는데, 불과 세 살 어린 준혁이는 고입을 치지 않는다. 출산율 저조로 고입을 칠 필요가 없다. 구미에서 자리가 없어 고등학교를 못 가던 일은 이제 옛말이 될 것이다. 최근 본 뉴스에서는 준혁이보다 한 살 많은 2004년생부터는 대입 정원이 부족하다고 나와 있었다. 우리나라 지도에서 수도권과 대도시를 제외한 부분이 빨갛게 색칠되어 있었다. 작은 글씨를 읽어보니 인구 소멸 예상 지역 80개의 전국 시군이란다. 기막힌 노릇이다. 대학들은 정원을 줄이겠고, 과를 줄이겠고, 그럼에도 사라지는 대학이 생기겠다. 대학만 사라지겠나 어디. 식당도, 옷가게도, 관공서도 줄어들겠다.

나는 어떻게 해야 하나. 공약을 잘 보고 위정자들을 뽑아야겠고, 더 나은 세상을 위해 노력하는 당을 지지해야겠다. 좋은 정치를 위한 지혜로운 선거는 참으로 중요하다. 방금 읽은 기사 말미에 나온 내용을 보면 그 단면이 더욱 여실히 보인다. 유럽연합 내 출산율 4위를 기록한 스웨덴에서는 육아휴직을 480일까지 쓸 수 있고, 390일 동안은 임금의 80퍼센트를 보장받는다고 한다. (와우!) 남성의 의무 육아휴직 사용이 의무화되었단다. (언빌리버블!) 나는 자기 아이들에게조차 양육비를 안 내는 남자가 멀쩡히 잘 먹고 잘 사는 나라에서 살고 있는데, 저 나라는 다르다고 한다. 같은 시대의 같은 행성 안에서 시행되는 제도인데도 사정은 이토록 다르다.

선거를 잘하고 또 무엇을 내가 할 수 있을까. 더 나은 세상을 위해. 논리 비판적 사고를 하고 사는 아이들로 자라도록 도와야겠다. 자신의 세계관이 뚜렷한 즐겁고 따스한 아이들로 자라도록. 자연스럽게 길을 걷다가 밥을 먹다가 묻는 일들에 이야기 나누는 일들에서 하나씩 물 흐르듯 도와야겠다.

이것만으로 되겠는가 어디. 나는 지금 내게로 와준 선물 같은 아이들에게 더 정신 차리고 잘해야겠다. 진심으로 대해야겠다. 아들들에게 밥반찬만 잘 해주는 게 아니라 간식도 잘 해주고, 학생들을 가르치는 것만 잘 하는 게 아니라 같이 놀고 먹는 것도 잘해야겠다. 사랑해야겠다. 시간과 마음을 통으로 내야겠다. 생존을 위한 밥과 반찬뿐만 아니라 여유를 위한 간식도 즐겁게 챙겨야겠다.

여름 간식 중 아이들이 기뻐하는 것은 단연 팥빙수다. 만들기도 간단하다.

1000밀리미터 우유곽을 통째로 얼린다. 팩을 잘라내고 언 우유를 깍둑썰기 한다. 깍둑썰기 한 우유를 예쁜 스테인리스 그릇에 담고 통팥과 젤리와 과일을 넣고 인절미를 얹는다. (인절미가 없을 때 냉동실에 있던 찹쌀떡을 잘라 넣었는데 그것도 괜찮았다.) 얼린 우유는 생각보다 서걱서걱 잘 잘라진다. 어묵 자르기만큼 쉽다. 또 우유를 얼음 대신 넣었으니 설탕 덩어리인 연유를 넣지 않아도 된다.

아이들에게 간식으로 팥빙수를 해줬다고 하니 친구들이 우어어어 하고 감탄하는데, 이건 대단한 기계나 기술을 필요로 하는 일이 아니다. 조금 마음을 쓰면 되는 일이다.

얼마나 가엽고, 미안하고, 고마운가. 이미 전쟁터 같은 이곳에 와버린, 우리의 연두빛 아이들 말이다.

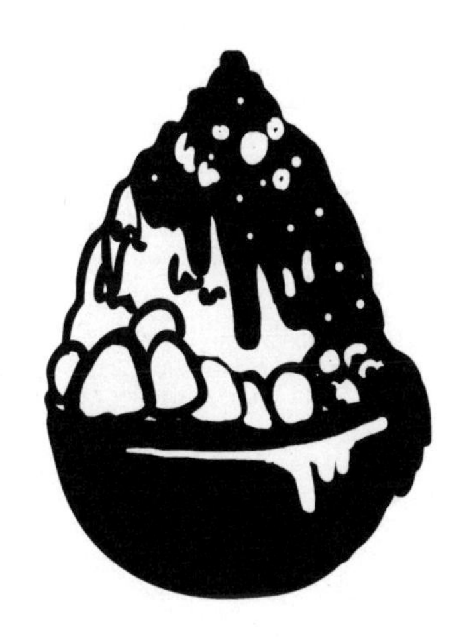

어묵탕

A hungry man is not a free man

배고픈 사람은 자유롭지 않아요

우리 집은 어른 남자가 없어서 그런지 간헐적으로 불쑥불쑥 오픈하우스가 된다.

남편과 싸우고 갈 데 없는 친구가 와서 하루 자고 가기도 하고, 산책가려고 나왔다가 너무 추워서 산책을 포기했다며 친한 언니가 불쑥 들기도 하고, 당직을 선 남편이 집에 와서 자는데 시끄럽게 떠드는 아이들 때문에 집에 있을 수 없어서 나왔다며 후배가 불쑥 아이들을 데리고 찾아오기도 한다.

어느 날은 집에 급한 사정이 생긴 친구가 아이들을 며칠만 맡기면 안 되냐고 부탁을 해왔다. 나도 워크숍 같은 데 갈 때 우리 아이들을 맡긴 적이 있는 친구라 오히려 그 부탁이 고마웠다. 은혜 갚는 기분이었달까.

그 아이들을 흔쾌히 집으로 들였고 누가 집에 오는 걸 너무 좋아하는 아드님들 덕에 우리 집은 곧 축제분위기가 되었다.

꼬마 손님들이 우리 집에서 혹시 주눅이 들거나 엄마가 그리워서 힘들까봐 나는 몹시 사근사근하고도 다정한 음성으로만 말을 하게 되었고 우리 애들은 (원래도 나긋나긋하지만!) 더욱 나긋나긋해진 엄마와 놀러온 아이들의 시너지 효과로 볼까지 발그레해지며 행복해했다. 아이들끼리는 이미 서로 잘 알던 사이라 베개싸움부터 시작해서 마인크래프트에 샤워까지 함께 하며 깔깔댔다. 자라고 불을 끈 뒤에도 한참 이야기꽃을 피우며 키득키득거렸다.

그 며칠 동안 나는 어린 남매의 머리를 감겨주었는데, 특히 여자아이의 머리를 감겨주고 말려줄 때는 고요하고 나른한 행복감에 젖어들곤 했다.

길고 윤기가 흐르는 머리카락을 구석구석 정성껏 샴푸해주고, 샤워기로 부드럽게 씻어주고, 드라이어로 말리고 머리를 빗어줄 때 찾아오는 그 나른함, 그 다정한 시간이 주는 평화. 그것은 나도 몰랐던 저 깊은 곳에서 살며시 차오르는 행복이었다.

성인이 되었을 때, 아들과 엄마보다 딸과 엄마가 더욱 친구처럼 다정하고 친밀하게 지낼 수 있는 건 어릴 때부터 쌓여온 머리 감겨주는 시간, 머리 빗어주는 시간, 머리 땋아주는 시간이 있기에 가능한 것은 아닐까? 하는 생각까지 들었다. (아들들과 친구처럼 지내려면, 오늘부터라도 같이 베개싸움을 해야 하는 건 아닌가 하는 생각도 들지만.)

우리 아들들과 친구네 남매까지 합해서 아이만 다섯이었다. 나는 그 며칠간 무슨 개구리로 무슨 반찬을 해 아이들을 먹였을까?

그 며칠간 그 남매는 포동포동 살이 올랐고 윤기가 흘렀고, 그 애들의 엄마는 자신이 자릴 비운 사이 더욱 윤기가 흐르는 애들을 보고 놀라워하고 고마워했다. 대체 뭘 해 먹였기에 애들이 이렇게 이뻐졌냐며 수줍어하며 물었다. 알고 보면 별거 없다. 오뎅탕, 볶음밥, 계란말이, 콩나물무침, 생선구이, 불고기와 같은 음식들. 매일 먹던 평범한 밥들이었다. 여럿이 먹으니 즐겁고 즐거우니 더 맛있었을 뿐이다.

그중에서 함께 먹으니 국물 하나 남기지 않았던 유쾌한 어묵탕 조리법을 공개하자면,

무, 대파, 멸치, 다시마, 양파, 통마늘을 넣고 40~50분 약한 불에서 푹 끓인다.

이렇게 하는 이유는 무에서 단맛이 충분히 우러나게 하기 위해서다. 일본에서는 무만 하룻밤을 꼬박 고아 내 팔기도 한다.

살 오른 흰 무 그거 약 된다. 입에 달고 몸에 좋은 약.

시간이 좀 더 넉넉한 분은 두세 시간 약한 불에서 푹 고듯이 끓여도 좋을 것 같다.

약한 불에 올려두는 거니, 스마트폰으로 알람 맞춰두고 다른 일을 뭐든 하면 된다. 영화를 보든 청소를 하든 책을 읽든. 아이의 머리를 감기든.

그렇게 푹 끓인 육수에 오뎅과 소금 한 큰 술과 조선간장을 한 술 넣고 끓인다. 간은 봐가면서 소금을 더 넣으면 된다. 그런데 요즘엔 시판용 어묵에 국물용 소스도 같이 넣어 팔더라마는 가뜩이나 화학조미료에 노출된 아이들인데, 그런 국물은 좀 그렇지 않나. 간장과 소금만으로도 충분하다. 오뎅과 대파 그리고 마늘만 넣어도 충분히 달고 시원한 오뎅탕이 된다. 여기에 두부를 동동 썰어 넣어도 좋고 고춧가루를 술술 뿌려도 좋다. 아이들은 "뜨거운데 시원하다는 게 무슨 말인지 알 것 같아요!"를 외치며 열심히 먹는다.

별것 아닌 음식을 열심히 먹는 아이들을 보면 때로 눈물이 날 것 같다. 후룩 후루룩 제 밥그릇에 집중해 있는 어리고 연한 생명들. 운동회 하는 날 계주가 사력을 다해 질주하는 모습을 보면 주책없이 눈물 나듯이. 제 밥그릇에 열중한 아이들은 나에게 코끝 찡한 감동을 준다. 잘 먹어줘서 고맙고, 잘 먹어줘서 미안해. 내 아이든 남의 아이든 그런 마음이 드는 것이다. 짠하고 짠한 목숨들. 이쁘고 이쁜 존재들.

먹는 모습을 보고 눈물이 날 것 같은 대상이 아이들이 아니라 어른이기도 한다면, 그야말로 그것은, 내가 그를 사랑하고 있다는 증거가 아닐까.

닭볶음탕

A disease known, is half cured

알면, 그 병은 절반은 고친 것

한 계간지에서 글을 보내달라고 연락이 왔다. 영화나 책에 대한 리뷰를 보내달라신다. 뭔가를 새로 찾아보고 할 마음의 여유는 없어 랩탑에 저장된 것 중 하나를 골라 보내드렸다. 이건 영화 리뷰를 찾다가 우연히 찾게 된 예전의 일기다.

여행 후, 테이블 위에 있던 두유를 버린다.
호두와 땅콩이 들어 있다고 적힌 두유 팩은
부풀어 오를 대로 부풀어 있다. 럭비공 같다.
아니다, 어디로 튈지 모르는 준서 같다.

준서처럼 잔뜩 부풀어 있다. 뚜껑을 돌려 열고,
개수대에 쏟아 붓는다. 꿀렁꿀렁 코끝에 스치는 역하지 않은
막걸리 냄새.
나는, 발효와 부패에 안도한다. 발효와 부패는 믿음이 간다.
그래, 나도 썩을 수 있음. 그래, 나도 냄새날 수 있음.
준서야, 우리 함께 발효하자. 꿀렁꿀렁 덩어리져 썩어가자.
전혀 다른 냄새를 내자.

그렇게, 사랑이란 말은 참겠다. 사랑한다는 말은 참겠다.
앞으로도 오래오래 참겠다.

아마도 준서는 두유를 마시고 난 후 냉장고에 넣지 않았던 모양이다. 사실 넣었을 리가 있겠는가. 사용한 물건을 있던 장소에 되돌려 놔둔다는 걸 녀석에게는 기대하기 어렵다. 아니, 뚜껑이라도 닫아놓고, 봉지는 밀봉이라도 해놓으면 좀 좋을까. 파란 뚜껑과 빨간 뚜껑이 나란히 있는 물건은 일부러 색을 바꿔 뚜껑을 닫아놓는 녀석이다. 예전에는 이런 일이 있었다. 선물받은 게이샤 원두를 갈아 마시고 콩 봉지를 밀봉해뒀는데, 퇴근하고 오니 그것이 헤벌레 벌어져 있었다. 갈아서 어떻게 마셔보려다 실패한 모양. 게이샤의 향은 산화해서 변해버렸고 식탁 위는 조각난 콩들로 난리였다. 얼마나 화가 나던지. 쓰고 제자리

에 두라고 몇 번이나 말했냐, 한 번만 더 말하면 천 번이다. 그리고 커피는 네가 손댈 나이가 아니다. 제발 물어보고 만져라. 네 물건이 아니지 않느냐. 이것도 천 번은 말한 것 같다. 잔소리를 쏟아부었다. 이런 일로 소리치고 나면 너무 마음이 황폐해진다. 아이를 이해할 수 있었지 않았을까, 하고 이해하지 못한 내 잘못 아닌가 하는 자책이 들기 때문이다. 녀석 때문에 시간적, 물질적으로 손해를 자꾸 반복적으로 보게 되는데, 그럼에도 내가 종국엔 내게 원인이 있는 것 아닌가 하고 나를 공격하게 되기 때문이다. 그 일은 때로 아이와 내 사이를 공격하기도 하기 때문이다.

이왕 물건 망가진 거 자식과의 관계라도 안 망가져야 되는데, 그게 참 쉽지가 않다. 자식과 나 사이에도 네 물건, 내 물건 갈라서 가르쳐야 하고 허락과 동의를 가르쳐야 한다는 게 나는 어렵다. 녀석은 자꾸만 충동을 이기지 못해 말을 듣지 않는다. 말하지 않아도 엄마에 대한 기본 예의는 지켜주면 참 좋으련만. 내 물건을 너무 많이 망가뜨리고 금전적 피해와 정신적 피해를 상당히 준 녀석이다. 녀석의 인권을 위해 나의 피해 이력을 다 발설할 수는 없지만 속이 아주 상하는 일이 한두 가지가 아니다. 그러다, 가만, 나의 어린 시절을 생각해보았다.

나는 주차 고자, 수학 고자, 화장 고자 3대 고자로서, 화장을 아주 못하는 사람이다. 선블럭 바르고 비비크림 바르고 립스틱 바르면, 땡이다. 혹 약속 때까지 시간이 아주 남아돈다면 마스카라, 거기까지가 최선이다. 더 이상은 없다. 그런데 어릴 때는 엄마 화장품에 무지하게 손을 댔다. 초등학교에 입학하기 전이거나 1학년 정도의 나이였을 것이다. 날이면 날마다 친구를 불러 둘이서 엄마 화장품으로 화장하고 놀았다. 우리 엄마는 정작 한 마디도 안 하는데, 앞집 영록이 엄마가 어느 날 한소리 하셨다. "아이고, 혜선이가 저거 엄마 비싼 화장품 다 절딴을 내뿌네!" 헉! 그 말은 충격이었다. 아, 이게 비싼 거구나. 그리고 이건 내 것이 아니라 엄마의 물건이구나. 내가 망치고 있구나! 그제야 깨달은 것이다. 엄마는 그 정도로 내게 울타리가 없던 분이었다.

또 '절딴'에 관해서는 이런 기억도 있다. 여고시절 텐트를 들고 야영을 갔는데, 거기서 나는 내 텐트를 잃어버렸다. 그때 당시만 해도 텐트는 흔치 않았고 비쌌다. 엄마가 별로 혼내진 않았는데, 오직 무서우신 우리 동생님께서만 "평소에 우산 잃어버리고 다닐 때부터 알아봤어야 했는데, 아주 제대로 한 건 하셨어" 하는 정도의 반응을 보여주셨다. 나중에 보니, 우리 학교 선생님들이 그 텐트 폴대를 매로 사용하고 있었다는 내용. 허, 주인 없는 건 줄 알았다나.

나는 엄마 화장품을 절단 내고 우리 집에 하나뿐이던 텐트를 분해해버린 과거가 없던 것마냥, 신변 관리가 딱딱 잘 되는 것마냥 장남을 타박한다. 녀석이 자라며 나보다 더 크게 해먹었으니 나보다 더 잘 벌고, 나보다 더 넓고, 더 자유롭게 살겠지 하고 순간 덜컥 믿어줘버리는 건 어떨까. 녀석이 해먹은 나의 어떤 것들을 생각할라치면 이불 킥 할만치 아까운 것들이 한두 개가 아니지만 어금니 악 물고 믿어줘버리기는 어떨까. 녀석이 내게 금전적 손해를 끼친 일이 탈선은 아니라고. 나와 다른 선에 서더라도 녀석의 선은 아름다운 그림이 되고 말 것이라고 말이다.

그리고 이런 생각들은 녀석의 유년을 내게 거름으로 만들어 준다.

아이 덕에 내 유년을 한 번 더 기억하고, 아이 덕에 유년을 한 번 더 살게 되기 때문이다. 유년을 한 번 더 살아냄으로써 나는 머리의 성장 없이 몸만 늙고 있다는 것을 알게 된다. 아직 성장조차 하지 못한 부분을 발견한다. 그 발견은 때로 너무 큰 아픔이다. 과거의 나를 돌아보면, 억울할 때도 있고 슬플 때도 있지만, 부끄러울 때가 더 많다. 부끄러운 심정을 정직하게 바라보는 일은 언제나 고통스럽다. 그러나 이것은 고마운 고통이다. 정직하게 부끄러움을 인정하고, 문제가 무엇인지 안다는 건 고맙게도 절반의 성공이라 본다. 해결 방법을 모색케 하고, 노력에 대한 용기를 자꾸 용기나게 하니까.

언젠가 비가 많이 온 날, 이었다. 출근할 땐 비가 오지 않아 우산 없이 덜렁 덜렁 걸어 출근 했더랬다. 퇴근 무렵 갑자기 비가 쏟아지기 시작했다. 수이 그치지 않을 듯한 비를 보며 집에 갈 일이 걱정이었다. 문구점까지 뛰어가서 우산을 하나 살까 어쩔까 하는 생각을 하며 학원을 나서는데 우산꽂이에 우산이 하나 꽂혀 있는 게 보였다. 그건 녀석의 우산이었다. 우산을 쓰고 학원에 왔는데, 집에 갈 때 보니 우산꽂이에 엄마가 쓸 우산이 없기에 자기 우산을 두고, 이 녀석이 그냥 비를 맞고 가버린 거다.

또, 이런 일도 있었다. 어느 날 너무나 늦게까지 애가 집에 들어오지 않아 한걱정이었다. 녀석에게 스마트폰이 없을 때니 아마 초등학교 저학년 때였나 보다. 한참 어두워진 뒤에야 돌아온 녀석의 티셔츠 배 쪽에 피가 묻어 있었다. 이게 어찌 된 일이냐고 놀라 다그치니, 비둘기를 구해주느라 그랬다고 했다. 고양이에게 비둘기가 깃털이랑 몸을 뜯겼는데, 그냥 두고 볼 수 없어 친구들한테 오백 원씩, 천 원씩 걷어서 택시를 타고 지가 비둘기를 안고 동물병원을 다녀왔단다. 돌아오는 길에는 돈이 없어서 걸어오느라 늦었다고 했다. 배 쪽에 묻은 건 자기 피가 아니라 비둘기의 피라고 했다. 그제야 땀에 전, 피로하고 허기진 녀석의 얼굴이 눈에 들어왔다. 그제야 가슴이 저릿, 코끝이 시큰시큰했다.

초등학교 시절의 예민하고 까칠한 나라면, 엄마를 위해 우산을 두고 비를 맞는다거나, 더러운 비둘기를 구하겠다고 그 먼 거리를 걷거나 하지 않았을 것이다. (하긴 지금도 그럴 리가 없겠다.)

돌아보면 그날 일 뿐만이 아니라 녀석이 태내에 있을 때부터 나는 녀석에게 사과할 일투성인데, 변변한 사과도 없이 방귀 뀐 자가 성내듯 준서를 나무라고 다그치며 살아온 듯하다. 미안하다 준서야, 라는 말을 차마 얼굴 보고 하지 못해, 안방에서 작은방으로 문자를 보낸다. "준서야, 내일 저녁에 뭐 해줄까?" 일부러 묻는 게 아닌 척 문자를 하나 더 보낸다. "내일 지사에 교육 있어서 오전에 나가는데 나간 김에 마트 다녀오려고." 답이 온다. "닭볶음탕" 반가움에 쿡 터지는 웃음. 나도 답을 보낸다. "ㅇㅋㅂㄹ"

아직은 엄마가 해주는 닭볶음탕이 먹고 싶은 아이면서 남자인 척 아니 스스로 성인 남자라고 믿고 있는 우리 준서. 네가 장남으로 내게 온 데는 그럴만한 이유가 있겠지. 설사 지지리도 운이 없어서 우연히, 내게 장남으로 온 것이라고 해도 그럴 만한 이유가 있겠지. 우리 앞으로도 맛난 거 같이 해 먹으면서 그 이유를 알아가도록 하자. 알지? 우리에게 오늘은 가장 우리에게 많은 시간이 남은 날이란 걸.

준서가 먹고 싶다는 닭볶음탕을 만드는데 어쩌면 재료 하나하나가 다 이뻐 보이는지.

하지 감자는 살이 올라 예쁘다. 동그란 감자는 예쁘고 사랑스럽다. 너도 그렇다. 주홍색 고운 빛을 지닌 당근은 기운이 밝다. 밝고 예쁘다. 너도 그렇다. 둥근 양파는 희고 깨끗하다. 깨끗하고 예쁘다. 너도 그렇다. 땅에서 나는 모든 예쁜 것은 너를 닮아 이쁘다. 자연의 순환 법칙에 속한 아이. 순환을 인정하고 우리 서로 용서할 것은 용서하자. 우리 서로 아름답게 순환하기를.

땅에서 나는 야채들을 먹기 좋은 크기로 다듬고 손질하는 동안, 양념장을 만든다. 간장 10큰술 , 프락토 올리고당 3큰술, 설탕 2큰술, 다진 마늘 1큰술, 물 4컵의 비율로 볼에 잘 섞어둔다. 닭은 팔팔 끓는 물에 한번 데쳐서 건진 후, 준비된 야채와 냄비에 함께 넣고 양념에 30분 정도 재운다. 같은 양념이라도 하루 재운 닭과 그렇지 않은 닭은 맛이 다르지. 같은 닭이라도 같은 닭이 아니지.

양념이 스민 후에 센 불에 올리고 끓이다가 바글바글 끓어오르면 약불로 국물을 자작하게 졸인다. 알맞게 졸여졌다 싶을 때 청양고추나 피망이나 대파 혹은 팽이버섯을 넣고 살짝 숨이 죽으면 속이 깊은 접시에 담아낸다.

더운 여름에도 추운 겨울에도 땀나게 하는 음식. 닭볶음탕. 먹고 다시 너랑 나랑 티격태격 해볼까.

티격태격은 사랑하지 않음과 동의어가 아닐지니.

주먹밥

The life is only once

생은 단 한 번뿐이지

나는 이혼을 했다. 이혼하고 난 후, 그 사실을 아무에게도 말할 수 없었다.

은영 언니와 서로 안부를 전하다가, 네 남편 K는 잘 지내지? 하고 물어도 그냥 그렇다고만 답했다.

어느 날, 언니를 속이고 있다는 게 미안하고 불편해서 용기를 냈다. 내가 이혼한 내용과 말하지 못해 미안했다는 것을 메일로 써서 보냈다. 메일을 받은 언니는, '그랬구나… 쉽게 말하기 어려우니 그랬지. 괜찮아. 괜찮아. 그간 얼마나 힘들었니. 그 힘든 시간들을 왜… 그간 참았어? 그게 하루아침에 생기는 일이 아니었을 텐데. 차곡차곡 쌓인 일일 텐데. 그간 참고 견디느라 얼마나 힘들었어, 그래' 하며 내 맘을 오히려 헤아려주었다. 그러게, 하루아침에 사람이 미워진다거나, 하루아침에 사람이 무서워지는 일이 아니었는데, 나는 왜 그를 두둔하고 감싸주고 좋은 면만 사람들에게 말했던 걸까. 나는 어떻게든 우리 아이들이 깃든 둥지를 부수고 싶지 않았던 걸까. 그래서 그랬던 걸까.

은영 언니와 메일을 주고받고 얼마 지나지 않아 현주 언니에게서 전화가 왔다.

"혜선아. 너, 은영이 입원한 거 아니?"

"네? 몰랐는데요? 언니 아파요?"

"아이고. 그 바보가 내 그럴 줄 알았다. 이게, 등신 같은 게, 아무한테도 연락 안 하고 여태껏 지 혼자 아팠던 거 있지? 너한테 말한 거 알면 은영이가 난리 칠 거야, 걔가 너라면 아주 끔찍하잖냐."

눈물이 났다. 아니 이 바보 언니가, 자기 아픈 건 얘기도 안 하고, 내 걱정만 하고.

수술 당일에, 아이들을 엄마한테 맡기고, 서울행 기차를 탔다. 고맙게도 미리 역에서 기다리고 있던 현주 언니와 형부를 만나 그녀가 입원해 있는 병원에 갔다.

수술을 마친 후, 몸에 여러 관을 주렁주렁 매단 채 그녀는 수심 깊은 곳에 가라앉듯 누워 있었고, 그 곁을 안면이 있는 은영 언니의 동생이 지키고 있었다.

작던 얼굴이 더 작아져 있었다. 작던 몸이 더 작아져 있었다.

그녀는 까맣게 타들어간 듯 보였다. 작아지고 까매진 언니는 몇 달 사이 몇 십 년의 시간을 산 듯 보였고 곧 사라질 것처럼, 바스라질 것처럼 약하고 불안해 보였다.

"언니…" 하고 조심스럽게 부르자,

그녀의 눈이 휘둥그레 커지는가 싶더니. 갑자기 울기 시작했다.

"아이고, 니가 여길 어디라고 왔어. 엉 엉 엉. 니가 여길 어떻게 왔어. 아, 누가 재한테 애기했써어어어어어!! 엉엉!!"

하고 오열하기 시작했다. 어미 소가 울부짖듯 오열하는 소리에 차마 자릴 지키고 있을 수 없어 도망치듯 병실을 나온 나는 복도에서 눈물을 흘렸다.

"내가 너 아까워서 자다가도 벌떡 벌떡 일어나" 하고 말하던 그녀의 기억 속 목소리가 그녀의 현재의 울음소리와 합해져서 내 머릿속을 하얗게 녹였다.

굵은 눈물방울이 손등으로 뚝뚝뚝 떨어졌다.

시간이 얼마나 지났을까.

"혜선아, 은영이가 너 찾는다."

현주 언니의 그 소리에 일어나 병실로 들어갔더니 동생과 현주언니는 자릴 피해줬다.

"애들은 어떻게 하구 왔어?"

허이고, 그게 그녀의 첫마디다. 다 죽어가면서도 남의 애들 걱정하고 있는 사람이 그녀다.

"아! 어떻게 하긴 어떻게 하구 와. 방치하고 왔지!"

"풉. 넌 어째 고대로냐."

"딴 소리는."

"너, 정말 애들 그냥 두고 왔어? 엄마나 동생한테 부탁 좀 하지 그랬어."

"아 몰라. 언니 아플 때마다 방치할 거야. 애들 걱정되면 알아서 해."

"어머? 환자 협박하네?"

"협박당하기 싫음 아프지나 말라구!"

나는 마구 억지를 썼다.

그때, 현주 언니가 병실로 들어왔다.

"그래, 이 웬수야. 니가 지금 누워 있는 상태가 우릴 협박하는 거란 거 모르냐. 그나저나 니들 배고프지?"

"음, 그러고 보니 이누므 배가 양심도 없이 고픈 것 두 같고."

"이 언니가 너 아침도 못 먹고 첫 기차 탈 것 같아서 주먹밥 싸왔다. 먹자!"

"어머, 아침부터 바빴겠다. 언니."

"지지배, 내가 아무리 바빠도, 구미서 여기까지 올라온 너보다 바빴겠냐?"

또다시 울컥. 이 꽃잎처럼 연하고 은은하게 향긋한 여자들.

그날 현주 언니가 내민 주먹밥은 입안에서 살살 녹았다. 그리고 내 핏속으로 살살 녹아 들어가 내 살이 되고 힘이 되어주었다. 후들후들 떨리던 손에 힘이 팍팍 솟았다. 맛있다고, 너무 맛있다고 감탄하자, 자기는 주먹밥 칭찬을 하도 많이 들어서 주먹밥집을 차려야 할까도 싶다며 너스레를 떨었다.

은영 언니는 우리가 주먹밥을 먹고 나자, 현주 언니더러 수납장을 열어보라고 했다. 거기엔 영화 DVD가 들어 있었다.

현주 언니가 "이게 뭐야?" 하자, "현주 곧 너 생일이잖아. 너 온다기에 입원할 때 들고 왔어." 이런다. 서른여덟에 과출혈과 악성빈혈 때문에 살기 위해 자궁을 들어낸 여자가, 하얗게 창백하지도 못해 새카맣게 타버린 여자가 DVD에 대해 설명하고, 우리가 반 고흐 이야길 하자, 고흐의 고향에 대해 설명한다.

가만히 누워서 안 듣는 것 같으면서 우리 대화에 막 끼어들어서 우리를 가르친다. 그래 놓고선, 지금 내 상태가 이래서 내가 말한 게 확실한 건 아니야 이런다. 나는 죽다 살아난 여자, 은영 언니와 빵을 굽고 주먹밥을 뭉치는 여자, 현주와 함께 오랜만에 웃었다. 그녀들을 처음 만난 스무 살 그 시절처럼.

서울에서 돌아온 뒤 나는 이곳에서, 그녀는 그곳에서, 서서히 병들었던 생을 회복해갔다.

죽음 가까이로 갔다 생으로 돌아온 은영 언니는 말했다.

"죽을지도 모른다고 생각하니 후회되는 일들만 생각나더라."

"남은 생은 후회할 일, 덜 만들고 싶어. 혜선아, 하고 싶은 거 하고 살어."

그거 내 인생 모토가 되었다. 후회할 일 줄이기.

선택의 기로에서 무엇을 선택하는 것이 좋을지 결정이 어려울 때, 나는 그녀의 말을 떠올린다. 죽을 때 되니 후회되는 일들만 생각나더라, 하는.

십 년 후에 내가 후회할까 안 할까를 생각하고 이전보다 쉬운 결정을 내리게 된 데는 순전히 그녀가 목숨을 걸고 알려준 지혜 덕분이다.

구미에 내려오고 얼마 후, 아이들 도시락 쌀 일이 있어 빵을 굽는 여자이자, 주먹밥 신동인 현주 언니에게 물어봤다. 그 주먹밥 어떻게 만들었냐고. 어떻게 만들었기에 그렇게 달고 짭조름하고 고소했는지 비결을 물었다. 한우 다진 것과 당근 다진 것과 마늘 조금을 넣고 맛술, 간장, 설탕 조금 넣고 볶은 것, 김치 종종 썬 것과 참치를 함께 볶은 것, 두 가지를 볼에 마련해놓고 주먹밥을 만들면 된다고 했다. 그리고 밥을 지을 때도 소금을 아주 살짝만 넣으라고 했다. 마지막으로 덧붙이길,

"혜선아, 밥 지을 때 찹쌀을 한 주먹 딱 넣고 섞어 지어야 주

먹밥이 찰지다. 너?"

그러게, 비결은 밥이었던 것이다. 속 재료야 베이컨이랑 파를 볶아 넣을 수도 있고, 돼지불고기를 넣을 수도 있고, 참치마요네즈를 넣을 수도 있을 것이다. 그러나 찹쌀을 한 주먹 넣고 안 넣고에 따라 기본 베이스가 되는 밥맛이 달라지고, 밥할 때 살짝 소금간을 하고 안하고에 따라 그 감칠맛이 달라지는 것이다.

먹어야 산다. 먹어야 사니까, 밥을 잘해서 잘 먹어야 한다. 무엇보다 베이스를 잘 하고 살아야 한다. 후회하지 않으려면.

해물카레 스파게티

If it's not me, I'll be ok

나만 아니면 돼

나는 선하고 바른 사람이어서 불우이웃돕기 성금도 보내고, 성폭행범을 처벌하는 법을 강화해야 한다며 목소리를 드높인다. 할머니가 무거운 짐을 들고 가는 것을 보면 기꺼이 들어 드리고, 현 정권의 노동법과 세법 아래에서 허덕이는 풀무원, 쌍용차, 아사히글라스, 생탁의 노동자들과 삼성의 백혈병 노동자들을 보며 분노를 터뜨린다. 약한 아이가 힘세고 커다란 아이들에게 괴롭힘을 당하는 것을 보면 당장에 호통을 친다. 그러나 정작 내 아이와 나는 태생부터가 다르므로 내 아이와 내가 불우이웃이 되리라는 생각을 하지 않는다. 내 아이가 성폭행범이 된다면 다 그럴만한 이유가 있었을 거라고 생각한다. 상대가 내 아이를 자극하는 빌미를 제공했으리라 믿는다. 고마워할 줄 모르는 늙은이들은 도울 필요가 없다고 생각하고, 내 아이가 약한 아이라면 약한 내 아이를 괴롭히는 잔인한 아이들을 그냥 놔두지 않을 것이며, 내 아이가 혹시 가해자 입장에 연루되었다면 나는 내 아이가 나쁜 친구를 만나 이용당했을 거라고 강력히 믿고 "싶다."

이것은 영화 「더 디너」에서 보여주는 이야기다. 찔리지 않는가? 나는 이 영화를 보며 찔렸다.

이 영화에서는 나와 내 아이는 문제없는 선량한 시민이기를 바라는 마음이 사실은 자기 자신을 속이는 일임을 잘 알고 있음에도 계속해서 마음을 속이는 우아한 사람들을 보여준다.

성질나서 날뛰는 민간인에게 총을 쏜 경찰이 성급하게 한 가정의 가장을 죽인 게 분명한데 의사인 형은 그 경찰을 변호한다. 형을 천하에 돈밖에 모르는 인간이라며 벌레 보듯 비난하던 동생은 조카와 자신의 아이가 저지른 커다란 범죄에 대해서는 입을 닫는다. 아이들을 무죄로 만들기 위해 심지어 거짓 정황까지 만들어내려 노력한다.

자신이 돌보는 환자가 그 성급한 경찰 동생의 총질에 의해 희생당한 아버지의 아들임에도, 그 현장에 같이 있던 그 아이가 중상을 입었음을 누구보다도 잘 알면서도, 그는 정의를 외면하려 한다. 앞으로 그 아이가 걸을 수 있을지 없을지 불확실한 가운데, 그는 자신의 신념과 환자의 무구한 눈빛을 기만하는 일을 하려 한다.

이것은 어디에서 기인하는 문제일까. 자신과 자신의 아이에게 쏟아질 세상의 비난과 자기기만은 대등하게 바꿀만한 가치가 있은 것일까.

나도 이와 같은 고민을 한 적이 있다. 내 아이가 내 물건에 손을 댔을 때, 주변에 그 사실을 숨겼다. 내 아이가 담배를 피울 때 주변에 그 사실을 숨겼다. 이건 아이가 아버지의 사랑을 못 받은 탓이라 여겨 마음 깊이 전남편을 원망했고 그에게 분노했다. 아이를 탓하지 않았다. 나 자신을 탓하지 않았다.

사실, 아이와 내겐 어떤 잘못도 없는 것이었을까. 남이 아닌 가족에게만 피해를 준 일이기에 별문제가 없는 일이었을까. 내 잘못이라고 여길 여지가 없는 것일까. 아니란 걸 알면서도 왜 자꾸 인정을 하지 않으려 드는 걸까. 내 비겁함은 어디에서 연루하는가.

영화, 「더 디너」는 제목처럼 시종 아름다운 와인 잔과 잘 차려진 상류층의 식탁을 보여준다.

자신의 아들이 순진하다 믿었던 의사의 아내는, 아들이 끔찍한 범죄를 저지르는 장면이 뉴스에 나올 때도 랍스타 파스타를 먹는 중이었다. 그녀가 범죄 현장이 고스란히 담긴 CCTV 영상을 텔레비전 뉴스에서 보게 된 때는 랍스타를 삶아 만든 스파게티를 접시에 담아 편안히 소파에서 먹던 때였다. 우리가 라면 먹으며 텔레비전 뉴스를 보듯 그녀는 랍스타 스파게티를 먹으며 뉴스를 봤다. 설마 저 나쁜 짓을 하는 잔인한 사람이 내 아들인가. 그녀는 아들 방문을 열고 아들의 얼굴을 다시 본다. 여드름투성이의 아들은 도대체가 천진해 보인다. 그 천진함이 사람을 잡은 것이다.

나는 이 영화가 끝나고 착잡한 심경에 사로잡혀 소파에 푹 파묻혀 있다가 몸을 움직여 일어났다. "My dinner"를 차릴 시간이었으니까.

이 영화에 자주 등장하는 토마토소스 베이스 스파게티를 만들며 생각에 잠긴다.

보르르르 끓어오르는 물에 스파게티 가닥을 촤라락 펴지게 넣고 휘젓는다. 많은 양의 물 안에서 편안히 놀아야 서로 엉겨 붙지 않고 잘 끓어오르는 면 가닥들을 본다. 약간의 소금과 오일 몇 방울을 물에 미리 넣어야, 탄력 있고 간이 배어들어 더 맛있는 스파게티 가닥들을 본다. 잉여로 제공되어 버려질 면수와 미리 계산되어 넣어져야 할 소금과 오일이 내 일상에서 빠져 있었던 건 아닌지. 생각한다. 알아도 준비 못해 허둥댔을 잉여로운 준비들이 필요했던 상황들을 떠올린다. 나도 몰랐던 초라하고 한심한 나의 모습은 예상하고 있던 상황에서가 아니라, 전혀 예기치 못한 상황에서 튀어 나온다. 그런 경우에조차 부족함을 인정하는 게 결코 못난 일이 아닐 텐데……. 엄마 자리에 있는 어른인 나보다 아이는 더욱 그렇다. 나보다 더욱 모른다. 아이는 자신의 부족함을 인정하는 게 자신이 자기 자신으로부터 그리고 엄마와 세상으로부터 더욱 인정받는 일이란 걸 아직 모른다.

다진 마늘을 올리브유에 볶다 다진 양파를 넣고 볶는다. 마늘향이 진동하고 양파가 투명해지면, 홍합과 칵테일 새우 그리고 오징어 등의 해물을 넣고 볶는다. 거기에 토마토 깍둑썰기 한 것과 토마토 페이스트를 넣으며 휘저어준다. 그리고 마지막으로 영화의 토마토 스파게티와 다를 일을 하나 한다. 카레가루 한 수저를 넣는다. 이 한 수저가 토마토가 지배하던 소스의 맛을 바꾼다. 해물의 비린 맛을 향긋하게 조정한다.

소스 간을 본다. 싱거우면 소금을 더한다. 물론 싱거울 때 조절하기가 더 쉽다. 짜다면 일이 복잡해진다. 알맞게 삶아진 면을 소스가 가득한 팬에 넣고 살짝 볶으며 섞는다. 접시에 잘 담아내면 완성이다.

여러 번 튀어나와 나를 놀라게 한 내가 모르던 나의 모습들.

놀라게도 했지만 슬프게도 했고, 내 멱살을 쥐고 흔들며 나를 코너로 몰아가던 수많은 나와, 아직 한 번도 그 얼굴을 보여준 바 없어 끝끝내 내가 나를 사랑한다고 고백하기 어렵게 하는 '수많은 나'를 생각한다. 딱하고 하찮은 나를 생각한다. 하찮아서 딱한 나를 생각한다.

자기반성 투성이의 내가 만든 스파게티. 그대 입에 어떨지 모르겠다. 맛이 없으면 해물카레 스파게티에 대해 쓰지도 않았겠지만.

피시 카레

Actually, my gravity is I

사실, 나를 잡아끄는 중력은 나예요

오늘은 휴일이다. 아침밥을 지어먹은 후에 다운받은 영화 한 편을 보고 책을 조금 읽었다. 점심을 지어먹은 후에는 내가 전에 들렀던 카페에 두고 온 책을 찾으러 나갔다가 돌아왔다. 돌아오는 길에 은영언니가 준서, 준혁이 졸업이라고 카카오톡으로 보내준 케이크를 찾아왔다. 하루가 참 짧다. 이렇게 금방 또 하루가 가버렸네.

이달은 5일은 준서 졸업, 15일은 준우 생일, 17일은 준혁이 졸업, 22일은 준혁이 생일이 있었다. 사는 게 참 단조롭게 바쁘다.

사는 게 단순하게 바빠서일까 나는 참 바보같이 잘 흘리고 다닌다. 예전에 아는 언니가 우산, 지갑, 열쇠, 다이어리, 핸드폰 등 자기가 그간 물건 잃어버린 일화를 들려줘서 그 이야길 들으며 입을 딱 벌린 적이 있었는데, 그 언니의 나이가 된 요즘엔 내 건망증의 기록들이 그 언니의 기록들을 능가하는 듯하다.

가장 센 걸로는 여권과 항공권이 있고 소소하게는 화장품, 커피통, 책, 칫솔, 가디건, 모자, 남방, 텐트 등이 있다.

언젠가 휴가 때, 캄보디아에 간 적이 있다. 내 버킷리스트 중 하나가 앙코르와트를 보는 것이었다. 언제 죽을지도 모르는데, 보고픈 건 보고, 먹고픈 건 먹어야 하지 않겠는가. 사는 일이란, 살기 위해 버는 일이란 왜 이리 지치는 일투성이란 말이던가. 지침을 위로해주기 위해 학원 문을 닫아걸고 수업에서도, 삼시 세끼 밥 짓는 일에서도 잠시 물러설 수 있는 시간을 갖기로 했다. 그건 몹시 기다리던 여행이었다. 그런데, 출국하려던 순간에 나는 여권을 잃어버렸다. 물론 항공권도 세트로 같이. 어떻게 하다 잃어버렸냐면, 손에 든 게 많아서 놓쳤다고 해두자. 왜 여권과 항공권을 여권 가방에 넣지 않았냐면, 여권가방이 집에 있었기 때문이라고 해두자. 왜 여행가면서 여권가방을 집에 두고 여행길을 나섰냐면, 다른 짐이 많았기 때문이라고 해두자. 나, 그날 비행기 못 타는 줄 알았다. 여권 잃어버린 걸 안 순간, 등에서 땀이 나고 눈에서 눈물도 찔끔 났지만 잘한 게 없으므로 꾹 참았다. 게이트로 나가려고 에스컬레이터에 올라타며 내 손에서 여권에서 항공권이 미끄러지는 느낌이 났고 에스컬레이터에서 내려오자마자 되짚어 올라갔으나 이미 그것들은 사라진 후였다. 마침 지나가던 한 외국인이 방금 공항 시큐리티가 가져갔다고 말을 해줬다. 그러나 공항은 너무 넓고 시큐리티는 너무 많았다. 분실물이라고 접수가 되어 내게 다시 돌아오는 시간이 얼마나 걸릴지 알 수 없었다. 그것들을 찾기 전에 비행기가 이륙해버리면 나는 사실 그 비행기를 못 타게 된다. 별다른 수가 없었다. 그저 게이트로 내려가 누군가 내 항공권과 여권을 가져다주기만을 기다려야 했다. 시간은 자꾸만 흐르는데 아무도 티켓을 들고 내려오지 않았다. 초조했다. 뇌가 멈추는 기분이 들었다. (실은 이미 멈춰 있었을지도.) 출국을 위해 게이트 앞에 대기하던 사람들이 모두 비행기에 올라탈 무렵 헤어밴드가 인상적인 자그마한 여승무원이 달려왔다. 윤혜선 씨 티켓 여기 있다고 건네준다. 아 그런데 아까 것이랑 티켓 색깔이 조금 다른데? 하는 생각이 머리를 들 무렵, 승무원이 "오늘 만석이라 비즈니스석으로 업그레이드해드렸어요" 하고 안내를 해준다.

아니 뭘 잘했다고 이코노미가 비즈니스로 바뀐단 말인가. 혼자 궁금해 하다가 스스로 답을 알아냈다. (스스로 답을 찾다니, 아, 참 훌륭하기도 하지!) 그들은 혹시 내 티켓을 발견하지 못할 경우를 대비해 내 티켓을 일단 취소 처리했고, 내 자리를 다른 승객에게 내준 것이었다. 기적적으로 내 티켓이 발견되자 그들은 내

자리를 업그레이드해줄 수밖에 없었던 것이었다.

비즈니스 석. 거의 침대 수준으로 젖혀지는 넓고 푹신푹신한 좌석. 이것저것 다양한 기능의 버튼들이 마구 달린 고급스러운 좌석. 다섯 시간 동안 몸을 니은자로 만들어 레고처럼 버텨야 하는 게 아니라 몸을 애벌레처럼 꼼지락 꼼지락 자유자재로 오므렸다 폈다 할 수 있다는 것이 얼마나 좋았던지.

그러나, 잠시 그 일을 겪고 놀라서 얼이 빠져 버렸던 건지. 아니면 습관과 건망증의 힘이란 워낙 강하니까 그랬는지, 캄보디아 입국장에서 또 사고를 치고 만다. 아, 입국에 필요한 증명사진을 어딘가에 또 흘려버린 것이다. 가드라인 밑을 막 지나서 사진을 흘렸으리라 추정되는 장소로 가서 사진을 찾아오다 공항 직원이 무서운 얼굴로 "헤이!" 하고 내게 막 소리 지르는 바람에 얼마나 놀랐던지.

이 여행에서는 정말 보고 싶었던 신비롭고 아름다운 앙코르와트 사원과 생기 넘치는 야시장과 캄보디아 전통공연을 보았다. 물놀이를 하며 수영을 배우고 싶다는 생각을 최초로 했고, 언어 공부를 더 하고 싶다는 생각도 최초로 했다. 블로그에 소개된 유명한 북한식당에 가서 냉면을 먹었고, 냉면을 나르다가 말고 무대에 올라가 공연하는 그녀들의 하얀 잇속을 보았다. 서빙과 플레잉이 동시에 구현되는 북한의 다재다능하고 아름다운 처녀들을 보며 안타까운 마음이 잠시 들었다가, 사촌언니의 하얀 잇속이 잠시 떠올랐다가, 남한 사람인 내게 친절하지 않은 그녀들의 안타까운 상황을 생각했다. 까무잡잡하고 육감적인 캄보디아 여인들이 건네는 미소와 친절에 웃기도 했고, (그녀들의 친절이란, 주로 내게 뷰티풀!이라고 말해준 것. 오예!) 이국의 땅이 좋은 큰 이유 중 하나인 맛있고 새로운 음식도 먹었다. 소고기에 초록색 생 후추 알이 잔뜩 들어간 페퍼 스테이크도 먹었고, 흰살 생선을 코코넛 유와 월계수 잎을 넣어 향긋하게 요리한 아목이라는 카레 요리도 먹었다. 카레에는 소고기와 돼지고기를 주로 넣던 나에게 흰살 생선이 들어간 카레는 참 신선했다. 한국에서 수육을 끓일 때나 쓰던 월계수 잎이 들어간 카레는 참 독특하고 맛있었다.

한국에 돌아온 후에 이 맛이 그립기도 했고, 우리 아이들에게도 맛보여주고 싶어서 오늘은 마트에 간 김에 식감이 비슷할 듯한 돔을 사서 피시카레를 만들어봤다. 준우가 작년에 신던 샌들이 터져서 웹을 뒤졌더니, 딱 준우 사이즈인 240밀리미터만 모두 품절이어서 마트에 급히 갈 수밖에 없었다. 하이퍼 마트를 별로 좋아하진 않지만, 간 김에 살펴보았더니, 동네에선 팔지 않는 종류의 생선들을 팔고 있었다. 즉시, 피시카레가 머리에 딱 떠올랐다. 아들들아, 세상에는 생선이 들어간 카레 요리도 있단다. 이렇게 오묘한 맛의 카레도 있단다, 하고 소개해주고 싶었다. 이 피시 카레를 만들려고 검색하며 알게 된 건, 카레는 우리가 흔히 알던 봉지에 든 분말형이나 고체형이 아니라는 것이다. 카레는 쿠민가루, 코리앤더가루, 강황가루, 파프리카 가루 등 여타의 허브가루 등을 섞어서 만들어둔 것을 일컫는 말이라고 했다. 내게 저 많은 재료는 없다. 다만 다른 고기 요리에도 쓰던 바질, 로즈마리, 월계수의 마른 잎들과 마트에서 사온 카레 가루와 돔이 있을 뿐. 그리하여, 캄보디아에서 먹은 것과 똑같은 맛이 아니라 해도, 피시카레를 만들 수는 있었다. 감자, 당근, 양파를 깍뚝썰기로 썬다. 속이 깊은 팬을 달군다. 기름을 두르고 감자, 당근, 양파 순으로 볶는다. 양파가 투명해지면 살만 발라 낸 생선과 카레 가루, 월계수 잎을 한 장 넣고 약한 불에서 자작하게 끓여낸다. 생선살은 쉽게 뭉그러지기 때문에 꼭 마지막에 넣어야 한다. 혹시 매운 맛을 좋아하면 청양고추를 넣어도 좋고 마지막에 후춧가루를 뿌려도 좋다. 매운 것을 좋아할지라도 카레 가루와 매운 아이들이 만나면 폭발적으로 더 매워지니 양 조절에 주의!

버킷리스트에도 있었던 이 여행은, 정말 가고 싶다고 생각했던 이 여행은, 왜 시작부터 이토록 삐걱댔나 생각해보았다. 그것은 티켓을 끊었으니 가야지 하는 의무와는 반대편에 서 있던, "어차피 나는 외롭겠지" 하는 생각에서 기인한 것은 아니었을

지. 내 발목을 잡던 그것, "어차피 나는 외롭겠지", 하는 틀릴 수 없는 예감, 바로 그것.

가고 싶으면서도 가기 싫었던 내 마음.

가고 싶으면서도 가기 싫을 땐 어떻게 해야 하나,

보고 싶으면서도 보기 싫을 땐 어떻게 해야 하나, 좋으면서도 싫을 땐 어떻게 해야 하나, 고마우면서도 화가 날 땐 어떻게 해야 하나. 외롭던 시간이 그리울 땐 어떻게 해야 하나.

어차피 외로울 걸 알면서도 예약된 일이라 피하지 못했던 이 여행처럼, 남은 생에 또 얼마나 많은 피치 못할 일들이 기다리고 있을까. 간절히 버킷 리스트로 바라던 일을 코앞에 두고도 맥이 탁 풀리고 무기력해지는 일처럼 남은 일들에는 또 얼마나 많은 감정과 선택이 뒤섞여 있을까. 나이가 들면 뒤섞인 것들을 잘 골라내고 구분할 지혜와 능력이 생길까. 나를 잡아끄는 중력과 조화롭게 사는 법을 알게 될까.

다른 이들의 마음이 덜 다치게 할 수 있을까, 내 마음이 덜 다칠 수 있을까. 내 외로움과 내 두려움과 내 슬픔과 조화롭게 살 수 있을까. 마트에서 파는 카레 가루로도 그곳에서 먹은 피시카레 맛을 재현해보고자 노력하는 날들을 살다보면 문득 알 수 있게 될까.

내가 왜 당신을 미워하면서도 그리워하는지. 왜 나는 똑같은 맛을 낼 수 없는 그곳의 피시카레를 이곳에서 만들고 있는지.

가지 두반장 볶음

Every eggplant has its black

단점 없는 사람이 어디 있나요

갈 때부터 문제가 많았다. 3호차 39번 좌석에 앉아 있었더니, 어떤 아저씨가 자기 자리란다. 내 표를 확인해보니 2호차 39번 좌석이었다. 뭐 그럴 수도 있지. (그래도 죄송해요, 아저씨.)

도착해서 영화 시간까지 1시간이나 남아서 맥도널드에 가서 버거와 커피를 주문하고 1시간 보내고 티켓부스에 왔더니 10시 10분 영화와 새벽 2시 반 영화만 남아 있다. 내가 시간을 잘못 알았던 것이다. 왜 한 시간 늦게 한다고 생각했을까. 아직도 나는 내가 했던 내 생각을 이해 못하겠다. 딱 맞는 상영시간대를 맥도날드에서 보냈던 것이다.

"내가 시간을 착각해서 놓쳤어. 10시 10분 영화를 보고 가도 될까?" 송준우에게 전화를 해서 물어봤더니 숙제 해놓고 먼저 자고 있을 테니 걱정 말란다. 다 컸다. 내가 눈 비비고 있으면 원추각막염 걸린다고 잔소리할 만큼 컸으니 정말 다 컸다.

영화 시작할 때까지 들고 간 마커스 주삭의 책을 읽고 있으면 되지. 쉽게 생각하고 책을 편다. 아, 그런데 바보 같다. 나는 내가 바보 같다, 란 걸 순간 깨닫는다. (깨달았으니 바보는 아니라고.)

그 영화가 끝나면 뭘 타고 집에 간단 말인가. 맙소사. 기차가 끊어지는 시간이다. 아이고, 영화를 포기해야 하는 거구나! 1년 전, 내가 윤혜선이라는 자를 나의 3대 주적으로 규정해두길 참 잘했지 뭔가.

어디론가 자꾸만 사라지려는 뇌를 수습하려는데, 농부 친구에게서 전화가 왔다. 네가 좋아하는 가지가 많이 자랐어. 너 시간 날 때 갖다 줄게, 한다. 이미 두 번 받아먹었는데도 또 준단다. 농약이나 비료가 한 방울도 안 들어가는데, 이 친구의 가지는 내 종아리만하다. 나 대구야. 지금 시간 너무 많아, 하자 바로 전화를 한 것이다. 평생 안 할 줄 알았던, 그 애의 대구 밭 구경을 했다.

친구가 안락사 하루 전에 유기견 보호센터에 가서 데려온 리트리버가 밭을 지키고 있었다. 하루 늦게 만났다면 사라졌을 목숨이 밭을 지켜 올해는 멧돼지로부터의 피해가 없다고 했다. 샬롯은 주인을 보자마자 배를 뒤집고 드러눕는다. 목줄을 풀어주자 온 밭을 뛰어다닌다. 황금색 털이 휘날린다.

아, 아름다운 생명체!

밭의 끝까지 뛰어갔다가 다시 제자리로 온다. 방향을 틀어 내게도 달려온다. 다시 황금색 털이 휘날린다. 영특한 샬롯은 짧은 원피스를 입은 내 맨다리를 앞다리로 긁거나 하지 않는다. 내 주변을 빙글빙글 감아 돌며 달린다. 눈을 보고 안녕? 하고 인사하자 컹 하고 기쁘게 짖는다. 하하, 참 이쁘다. 이 개. 친구말로는 무척 영특해서 절대 다른 사람에게 매달리지 않는다고 한다. 오로지 친구에게만 매달리고 친구가 주는 것만 먹는다. 또 새로운 물만 마시고 바삭바삭한 사료만 먹는다고 한다.

넓은 밭을 가로 지르며 개가 달리고, 나는 또 잡초에 정신을 빼앗긴다. 바닥만 쳐다본다. 풀을 뜯으며 내가 묻는다.

야, 너 이거 뭔지 알아? 그 애가 대답한다. 몰라. 잡초 아냐? 이거 비름나물이야. 뭐? 이게 나물이라고? 난 이제껏 기계로 다 밀었는데? 이젠 밀지 말고, 따 먹어. 근데 억세졌어. 위에 연한 것만 따서 데쳐 먹어.

샬롯은 달리고 친구는 가지를 따고 나는 해찰하다 모기에 뜯겼다. 순식간에 네 방. 친구가, 어이쿠, 야, 너는 차에 가 있어 한다. 차에 앉아 책을 다시 읽는다. 가지랑 참외랑 옥수수를 따왔다. 자기네 집에 가잔다. 코앞이란다. 가지 요리 해준다고.

음…… 이다지도 놀아도 되나. 잠시 망설이다 그래, 하고 따라 나선다.

그 애는 주방에서 가지를 볶고 나는 조성진의 라흐마니노프 연주를 들으며 벌레 물린 데 연고를 바른다.

내 충전기는 흰색 아니면 검정색인데 그 애 집엔 흰색, 검정색, 보라색, 핑크색, 빨간색 5가지 색의 충전기가 굴러다닌다. 다 중국에서 주문해 온 거라고 했다. 예쁘다고 하자, 중국에서 들여온 다른 물건들의 샘플을 보여준다. 나무로 된 폰 케이스는 단아하고 아름답기까지 하다. 이런 저런 제품 구상을 하고 몸을 움직여 중국 공장으로 날아가서 그것을 실물로 만들어 내서 판로를 개척하는 친구의 모습이 놀랍다.

가지요리를 처음 보는 체코 맥주와 내왔는데, 가지만 먹고 술은 안 마셨다. 맛만 봤다. 한 입 마셨더니, dark라고 적혀 있어서 그랬는지 두껍고 부드럽고 향긋했다.

가지 요리는 쫄깃하고 고소하고 짭조름하고 달콤했다. 내가 만드는 가지요리와는 전혀 다른 맛이다. 나는 말린 가지를 불려서 요리한 적이 한 번도 없는데, 친구는 말린 가지를 요리해왔다. 호박을 말리고 가지를 말리고 고추를 말리는 것은 한여름에 주어지는 자연의 선물이다. 겨울과 다음해까지 갈무리하는 조상의 지혜다. 말린 가지를 불려서 한 요리가 맛있어 요리법을 물었더니, 달군 팬에 기름을 두르고 파를 먼저 볶으란다. 파기름에 가지, 마늘, 두반장, 청양고추 어슷 썬 것과 굴 소스를 조금 넣고 볶았단다. 이건 밥반찬으로도 술안주로도 손색이 없는 요리다. 참 맛있어서 조금 짠데도 자꾸만 집어 먹었다.

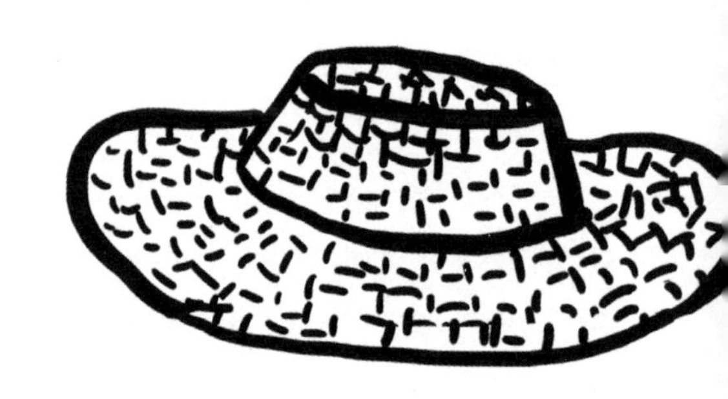

내가 너무 잘 먹어선지, 남은 건 뚜껑이 투명한 파란 뚜껑 통에 다 다 싸준다. 너 꼭 언니 같아, 라고 하자 아줌마 같단 거지? 하고 대답한다. 아니 언니 같아. 이 바보가, 언니가 다 아줌마냐.

집에 올 땐 4호차 40번에 앉았더니, 또 어떤 청년이 다가와서 자기 자리란다. 아 미쳐. 다시 내 티켓을 보니 4호차 30번이었다. 아, 미쳐, 미쳐.

그래도 뭐 상관없다. 주적에 신경 쓰다간 아무 것도 못한다. 단점 신경 쓰다간 아무 것도 못 해.

내 장점을 더 많이 생각해야지. 내 자리 아니라면 비켜주면 되고 뭐 그런 거지. 영화 오늘 못 보면 다음에 보면 되고, 영화를 못 봤으니 친구를 보면 되는 거고.

세상 모든 콩에는 콩의 단점이 있고, 세상 모든 오이에는 오이의 단점이 있다. 세상 모든 사람에게는 약간 짧은 다리가 있고, 힘이 더 약한 다리가 있다. 약간 짧은 다리를 탓하고 힘없는 다리를 탓하다가는 길고 힘센 다리마저도 제 노릇을 하기 힘들다. 내가 가고 싶은 길, 가야할 길이 있다면 그저 걸어가는 수밖에 없다.

장점 가진 발로 단점 가진 발을 끌어주며. 절뚝거릴지라도. 끝까지.

귤잼

Attraversiamo. L'ho provato sulla mia pelle

우리 이 시간을 잘 건너 가봐요

썩은 귤을 먹는 꿈을 꾸었다. 내가 제일 좋아하는 언니네 집에 오랜만에 놀러갔는데, 그 언니가 내게 썩은 귤을 대접하는 꿈이었다. 맙소사! 썩은 귤을 대접하는 언니라니. 그 언니는 동그란 소반에 쟁반도 없이 귤을 주르륵 늘어놓듯 받쳐서 나왔다. "이 안 아빠가 회사에서 귤을 또 받아온 거야. 우리 귤이 너무 많아. 먹는다고 먹어도 이렇게 썩어버렸네." 이러는 거다. 귤을 꺼내온 건 나를 대접하기 위함이 아니라 귤을 먹어치워야 해서라는 게 너무나 명확한 상황이었다. 그런데 웃긴 건, 꿈속의 내가, 그녀가 내 온 귤이 썩은 데 대한 불편함보다는 남편이 멀쩡히 회

사 생활하는 집에 대한 부러움을 품었다는 것이었다. 내기 벌어서 셈을 치르지 않아도 되는 과일선물이 잘 들어 온다는 것을 부러워 한다는 것이었다. 와! 과일을 일일이 사다 먹지 않아도 되다니! 하는 거였다. 아이고... 꿈에서조차 가지고 있는 생생한 감정이 부러움이었다니.. 하하. 내가 좀 귀여울 지경이다. 돈 벌기가 너무 힘들고 싫어서 이러는 걸지도 모르겠다. 어찌 되었든 꿈에서조차 음식을 함부로 버리면 못쓴다는 어린 시절 어머님의 말씀을 받잡고, 썩은 부분만 골라내고 먹기로 했다. 껍질을 조심스럽게 벗기고 썩은 부분과 썩지 않은 부분으로 분리했다. 꿈속에서도 주황색 귤은 그 색도 선명하게 푸른곰팡이를 가지고 있었고, 꿈속에서도 약간 무른 부분은 묘하게 상한 맛이 났다. 맞은편에 앉은 언니는 귤을 하나하나 까서 마치 대하大蝦를 소금 위에 나열하듯 안 썩은 귤 쪼가리들을 나열하고 있었다. 그런 언니를 보며 저 귤들을 모조리 까서 귤잼을 만들자고 해야 할까, 하는 생각을 잠시 했다. 그러다 잠에서 깼는데. 꿈의 장면들과 꿈에서 품은 감정들이 너무나 생생해서 '썩은 귤 먹는 꿈 해몽'을 검색어에 넣고 구글 검색을 했다. 참 귀엽기 그지없네. 흉몽이라는 해몽과 길몽이라는 해몽이 있었다. 하나의 꿈을 가지고 정반대의 다른 뜻이 두 개가 나온다면 그건 내가 마음먹기에 따라 이 꿈은 흉몽이 될 수도 길몽이 될 수도 있다는 소리가 된다. 나는 이 꿈을 길몽으로 여기기로 마음먹었다. 썩은 귤을 보고도 남의 남편 수입을 부러워하는 태도를 반성하고 더 이상 그 누구의 썩은 귤도 부러워하지 않고 싶어졌다. 그리고 내 손에 쥐어진 썩은 귤과 썩지 않은 귤을 구분해야겠다고 생각했다. 썩은 귤 때문에 나머지 멀쩡한 귤도 썩어버리면 안 되니까.

나는 사귀는 것도 아니고 사귀지 않는 것도 아닌 남자에게 메시지를 보냈다. '그동안 지친 나를 위로해줘서 고마웠다. 그러나 이제 당신이 내게 하는 연락을 나는 받지 않겠다. 각자의 자리에서 이 시기를 잘 건너가보자'라는 내용이었다. 그는 내게 썩은 귤이었을까. 아니면 싱싱한 귤이었을까. 아니면 내가 그에게 썩은 귤이었을까 싱싱한 귤이었을까. 그런 생각을 한다. 확실한 것은 그와 내가 서로 붙어 있음으로 인해 짓물러서는 안 된다는 생각을 했다. 그렇게 어정쩡하게 붙어 있으면 멀쩡하던 귤도 상하기 마련이니까. 그는 그의 맛을 나는 나의 맛을 변질되지 않게 잘 지켜냈으면 좋겠다. 그래서 언젠가 귤껍질을 까는 순간 그 상큼함과 달콤함의 가치가 고스란히 발현되었으면 좋겠다. 손거스러미를 뜯다 과하게 잡아 당겨 살점이 뜯겨 나가고 패인 살에서 피가 흘러도 나는 손거스러미가 손에 붙어 있는 걸 참고 볼 수 있는 성격이 아니다. 싹 뜯어내고 그 자리에 바셀린을 바르는 게 내 성격이다. 나는 그에게 모진 결별의 말을 전하고 꼬박 하루를 울었다. 그저 슬펐다. 사는 게 슬펐다. 공기에 닿으면 산화되고 노화되고 부패되고 결국은 분해되는 지상의 생명이 다 슬펐다. 귤도 슬프고 배추도 슬프고 나방도 슬프고 아기도 슬프고 할머니도 슬펐다. 하루를 울고 다음 날이 되자 교육청 연수를 받는 날이었다. 부랴부랴 네 시간 연수를 받고 와서 내내 잤다. 그러고 나니 참 이상하기도 하지. 일주일은 훌쩍 흘러버린 느낌이었다. 시계와 달력이 내게 뭐라고 하건 나는 하루 사이에 일주일의 시간을 보내버렸다. 한 달이라는 시간을 보내버렸다. 자고 나니 세상은 변해 있었다.

10년 동안 사귄 커플을 모두 아는 사람들이 있다. 그중 여자의 지인들이 모두 남자를 욕한다면 그건 그 남자에게 잘못이 있다고 나는 믿는 사람이다. 3년 동안 사귄 여자가 남자를 원망하고 떠났다면 그건 남자의 잘못이라고도 나는 믿는 사람이다. 10년 동안 사귄 커플 양쪽을 모두 아는 사람들이 있다. 그중 남자의 지인들이 모두 여자를 욕한다면 그건 여자에게 잘못이 있다고 나는 믿는 사람이다. 3년 동안 사귄 남자가 여자를 원망하며 떠났다면 그건 여자의 잘못이라고도 나는 믿는 사람이다. 왜냐하면 열 달이 아니고 10년이니까. 왜냐하면 3주가 아니라 3년이니까. 삶에서 가장 중요한 시간과 마음을 나눴는데 결과적으로 누군가의 원망을 산다면 본인이 반성해야 한다. 그래서 연애는 자기 자신을 배우는 큰 공부인 것이다. 당신이 나를 욕한다 해도 나는 억

울해 하지 않을 것이다. 정말 그러고 싶다. 당신이 나를 욕하게 해서 나는 미안하다. 결혼이나 연애가 끝났다는 것은 서로 미안해할 일이고, 고마워할 일이고, 앞으로는 다른 누군가에게 덜 미안하도록 성장했으면 좋겠다. 그리고 나는 지치더라도 헤어지더라도 그것이 미워하는 것과 같은 일은 아니라고 생각한다.

사실은 우리 집에도 귤이 한 상자다. 한 망씩 묶어진 걸 사면 감질나고, 박스로 사면 남아돌아 썩는 게 귤이다. 남아돌아 썩지 않게 미리 미리 귤 잼을 만들자. 잘 만든 귤 잼은 빵 위에 발라먹어도 좋고, 요거트에 타 먹어도 좋고, 우유에 섞어서 얼려 먹어도 좋다. 사과는 설탕을 1대 1로 넣어야 하지만 귤은 익을수록 단맛이 강해지므로 귤3, 설탕1의 비율로 넣는 것이 좋다. 병은 반드시 팔팔 끓는 뜨거운 물에 소독할 것!

냉이전

way leads on to way

길은 길로 이어지는 법

아주 가끔 돈을 빌려달라는 사람을 만난다.

내가 여유가 있어 보이나 보다. 어떤 사람은 내가 여유가 많아 보이기 때문이 아니라 입이 무거워 보이기 때문이라고 한다. 소문이 안 나야 한다나. 내게 빌려야 안 부끄럽다나.

여유가 있거나 없거나, 입이 가볍거나 무겁거나 간에 돈을 빌려달라고 하면 일단은 마음에 부담이 생긴다. 내가 내 돈을 떼이게 되어 이 사람을 안 보게 되어도 상관이 없을까를 고민해봐야 하는 것이다. 거절하기도 미안하고. (아니, 빌려달라고 마음에 부담을 주는 사람이 미안해해야지 왜 거절하는 사람이 미안해야 하는지. 원.)

하긴 내가 만약 부탁을 거절한다면 미안해 할 걸 상대는 알기에 부탁하는 것이기도 하겠고, 하는 이런 저런 생각을 하고 빌려주게 된다. 참 슬프다. 돈 때문에 사람을 안 볼 각오를 하기도 한다는 것은.

하여튼 그렇게 돈을 빌려가는 사람, 즉 나를 여유 있게 보는 사람은 반대로 나를 가난하게만 보는 사람들과는 많은 차이가 있다.

돈을 빌려달라는 어쩌다 가끔 있는 그 세상 사람들의 반대편에는, 나를 열 번을 봐도 열 번 다 가난하게 보기 때문에 어떻게 해서든지 밥값을 자기가 내려고 하는 사람들이 있다. 그 사람들은 식당에 가면 화장실 다녀오겠다고 하며 미리 계산해버리기도 하고, 내가 밥값을 내려고 카드를 내밀면 사장님은 현찰을 더 좋아하신다며 현찰을 내밀기도 하고, 계산하려고 영수증을 찾으면 자기 스마트폰 지갑이랑 겹쳐서 감추듯 들고 있다가 "아유~ 너 왜 그래!" 하고 날 나무라며 계산을 해버리는 것이다.

그들이 부자라서 그런 게 아니라는 것을 잘 알고 있다. 때문에 집에 돌아와 생각하면 마음이 찌르르 아파지곤 하는 것이다. 그들은 '혼자 벌어서 아이 셋 키우는 거 힘들다. 대견하다'라는 전제를 깔고 항상 나를 만나기에 그런 꽁냥꽁냥스런 만행들을 저지르는 것이다. "나 돈 잘 벌어!" 하고 내가 주장하면, "너 앞으로 더 잘 벌라고 내가 오늘은 산다"라거나 "이건 싼 거니까 내가 낸다. 넌 나중에 비싼 거 사." 이런다. 이 사람들은 안 지 얼마 안 되는 사람들이 아니다. 적어도 십 년 이상은 된 나의 지기들. 고마운 사람들. 오랜 시간 곁에서 아픈 눈물 닦아주고 또다시 고마움의 눈물이 나게 하는 사람들. 내 못난 허물을 알고도 모르는 척 덮어주는 사람들인 것이다. 그들은 나의 허물도 내 거름과 장점으로 봐주는 사람들이다. 그들은 나의 여유도 가난으로 보는, 나의 가난도 여유로 봐주는 사람들인 것이다.

또 다시 가만히 생각해보면 세상에서 나를 가장 가난하게 생각하는 사람은 바로 나의 부모님이 아닌지. 부모님과 함께 밥을 먹는 자리는 누가 내고 말고가 아니라 그저 내가 많이 먹어야 하는 자리이고, 내가 달고 맛있게 먹어야 하는 자리인 것이다. 우리 엄마는 딸들이 뭔가를 잘 먹으면 예외 없이 흥이 나버린다. 신나 하는 게 투명하게 다 보인다. 부모님과 밥 먹을 때, 계산 자체를 계산에 둔 적이 없는 나는 아마 축복받은 사람이 아닐지. 학원을 오픈할 때 아무것도 없던 나는 보증금과 인테리어 비용을 빌릴 수밖에 없었는데, 그 대상이 바로 부모님과 여동생이었다. 따라서 내가 아이 셋을 혼자 키운다는 말은 잘못된 말이 아닐지. 따라서 내가 아이 셋을 혼자 키우며 힘겹게 살아가고 있다는 말은 아주 잘못된 말이 아닐지. 나의 오랜 친구들 그리고 나의 동생들 그리고 나의 부모님이 함께 하지 않았다면 내가 내 자리에서 영어선생님으로, 엄마로 살아간다는 건, 이건 말도 안 되게 불가능한 일이 아니었을지.

내가 구미 땅에 터전을 잡은 것은 바로 내게 축복인 이들이 있기 때문이었다. 축복이라는 단어를 사전에서 찾아보니 이런 뜻이 있다. '행복을 빌어준다.' 사람이 사람에게 행복을 빌어주는 일. 참 귀하고 아름답다.

어릴 때, 봉화에 살 때였다. 낭만적인 우리 엄마는 봄이 되면 쑥과 냉이를 가리켜, "자연이 주는 축복"이라고 딸들에게 가르치셨다. 그리고 축복을 먹이는 심정으로 우리에게 산나물과 들나물을 요리해주셨다. 그건 산골마을이 아닌 공업도시인 구미에 사는 지금도 변함이 없어, 봄이 되면 어김없이 선산이라는 시골 동네에 가서 냉이와 쑥을 뜯어 오신다. 냉이는 꽁꽁 언 땅에 까맣게 말라붙어 있다가 봄이 되면 연두색으로 변하며, 검은 하늘의 하얀 별처럼 눈에 들어온다. 콕콕 눈에 들어와 박힌다. 연둣빛 새 생명들, 봄을 기뻐하며 땅이 쏘아 올리는 축포이자 축복인 냉이는 그렇게 매년 우리를 찾아온다.

어제, 엄마가 아부지와 선산에 가셨다가 캐왔다며 냉이를 한 봉지 내미셨다. 나는 엄마가 내미는 냉이 봉지를 보며, "우와! 벌써 봄이구나!" 했다. 냉이와 쑥으로 알게 되는 봄소식은, 내일부터 영상 10도라는 TV 뉴스보다 오천만 배는 기쁘다. 엄마가 이미 손질해서 싹싹 깨끗이 씻기까지 한 냉이는 그냥 즐거이 먹기만 하면 된다. 살짝 데쳐서 고추장, 식초, 설탕, 다진 마늘 넣고 무쳐 먹어도 맛나고 된장찌개에 넣어 먹어도 맛난다. 그러나 오늘은 전을 부쳐보기로 한다. 사실 나는 잡채, 갈비, 산적, 잔치국수 등 잔치 음식을 엄청 좋아하는데 그중 하나가 전이다. 냉이를 칼로 쫑쫑 썬다. 땅속에서 양분을 빨아올리던 믿음직한 뿌리도 모두 넣기 때문에 쫑쫑쫑쫑 썰어야 한다. 냉이 썰 때는 향기가 피어 올라온다. 달리 어떻게 표현하겠는가. 향기가 제 모든 존재인양 피어오르는 걸. 그 향기 또한 귀한 맛의 한 부분이다. 밀가루와 계란, 소금, 후추를 넣어 반죽을 만든다. 아차차. 냉장고에 아직 조금 남아 있는 느타리도 찢어서 쫑쫑 썬다. 양파나 당근도 있으면 역시, 종종 썰어서 넣는다. 팬을 달궈 기름을 두르고 한 국자 떠 넣는다. 와우! 치이익, 고소한 소리가 들린다. 봄이 익는 소리가 들린다.

세상엔 돈 빌려달라는 사람, 돈 빌려주겠다는 사람, 밥 사달라는 사람, 밥 사주겠다는 사람, 고민 들어달라는 사람, 고민 들어주겠다는 사람, 비교하고 비난하는 사람, 칭찬하는 사람, 용기주는 사람, 같이 화내는 사람, 진정시켜주는 사람, 여러 종류의 사람이 있다. 또 세상엔 여름, 가을, 겨울, 봄의 순서대로 계절이 있다. 돌고 돈다. 계절이 돌고 돌듯 내가 받은 것을 누군가에게 베풀기도 하고 누군가에게 이익 본 것을 누군가에게 손해 보기도 한다. 컴퓨터와 달리 입력 결과를 종잡을 수 없고, 계산이 정확치가 않아서 사람이 사람인 거겠지.

여하튼 간에, 나는 냉이 같은 사람이 되어야지!

무슨 반찬을 만들건 향긋하게 입맛을 돋우는 사람이 되어야지!

차갑고 딱딱한 땅을 견뎌내고 기쁜 봄소식 전하는 사람이 되어야지! 이 소리 얼마나 고소하고 유쾌한가. 치이익, 치지직.

또띠아

Warmth makes nothing into something

평범한 것을 특별하게 만드는 온기

아이들이 학교에 간 뒤 커피를 한잔 내려 마신다. 따스하다. 향긋하다. 고소하다. 쓰다. 커피를 내리고 마시는 동안 물을 받는다. 반신욕을 오랜만에 해야겠다는 생각에서다. 이사를 오며 대대적인 집수리를 했다. 모든 문과 창문을 떼어내고 다시 달았다. 도배와 장판을 다시 했고, 욕실은 욕조를 떼어내고 타일을 다시 깔았다. 지어진 지 30년이 넘은 이 땅집은 이전 주인이 세탁기를 화장실에 두고 살던 구조였다. 욕조를 떼어낸 자리엔 해바라기라 불리는 샤워기가 달렸다. 처음엔 세련되고 편리하다고 생각했는데, 살다보니 욕조가 없는 집은 힘들었다. 특히 아이들이 힘들어했다. 아이들은 이제 여탕에 데려갈 수 없는 나이가 되었다. 아이들은 집에서 목욕하기를 원했다. 하긴 아빠 없이 초등학생인 저희들끼리 남탕에 들어간다는 건 어떤 종류의 용기가 필요한 일일 테지. 욕조가 내가 필요한 것이었다면 돈이 아깝단 생각에 안 샀을 것이다. 아이들이 필요하다고 하니 당장에 욕조를 주문했다. 플라스틱 욕조를 주문하며 반신욕 덮개도 추가로 샀다.

아이들 덕에 간간이 호사를 누린다. 어떤 날은 우롱차를 한 잔 들고 들어간다. 어떤 날은 와인 한 잔을 들고 들어가기도 한다. 오늘은 책 한 권과 지퍼락에 넣은 스마트폰을 들고 들어가 책 10페이지쯤 뒤적이다 성금련류 가야금 산조를 듣다가 다시 책 10페이지쯤 읽다가 John Mayer의 Gravity를 듣는다. 이제 얼굴까지 열기가 전해져온다. 샤워 볼에 비누를 묻혀 이리저리 몸을 닦아본다. 손이 닿지 않는 등을 쉽게 씻으려고 나는 몇 년 전에 말 털로 된 솔도 샀다. 긴 나무 막대기에 구두 솔 같은 솔이 달려 있다. 물론 구두 솔처럼 거칠지는 않다. 말 털이라 부드럽다. 이걸로 손이 닿지 않는 내 등 쪽의 마의 삼각지대를 민다. 내 손이 닿지 않는 곳을 닦을 순 있지만 뭔가 어설프다. 개운치가 않다. 말 털이 아니라 사람 손이었으면 좋겠다고 생각한다. 누군가 내 등을 밀어준다면 참 좋겠다.

그러다 문득 당신에게 등을 좀 두드려달라고 한 때가 생각이 났다. 당신과 함께 있던 어느 시간에 어깨와 등이 너무 아파서 등 좀 두드려달라고 말하자, 들여다보던 폰을 내려놓으며 당신은 작게 한숨을 쉬었던가. 아마도 그건 내가 당신에게 한 첫 부탁이었을 텐데. 등을 두드리기 시작하며 당신은 말했지. "이렇게 사람 안마 해주는 게 힘든데 마사지사들은 얼마나 힘들까?" 마음을 참 불편하게 하던 그 한마디. 차라리 해주기 싫다고 하지. 당신 손의 크기는 내 손의 두 배. 나는 당신 손 크기의 절반. 나는 내 작은 손으로 내 두 배의 등을 가진 당신의 피로가 안쓰러워 조물조물 만져주곤 했었는데, 당신은, 나보다 힘도 세고 나보다 손도 큰 당신은, 당신보다 작은 어깨인 내 어깨 만져주는 걸 싫어했지. 아니 기꺼이 해주지 않았지. 왜 이런 기억들은 잘 잊히지 않는지.

그러나, 그보다 더욱 선명한 기억들, 때로 길을 걷던 내 무릎을 푹 꺾이게 하는 기억들은 이런 서운한 기억들이 아니지. 당신이 이를 다 드러내고 환하게 웃던 기억, 젖은 바지를 탈수하겠다며 붕붕 돌리며 넓은 주차장을 달리던 기억, 잘 수 있을 때 자라며 거실에서 피아노를 쳐주던 기억, 로스코전을 같이 보며 쓸쓸해 하는 나를 백허그 해주던 기억, 생존 수영은 이런 거라며 얼굴만 내놓고 물에 둥둥 떠서 나를 깔깔 웃게 만들던 기억, 내 앞 접시에 자신의 고기를 얹어주던 기억, 나를 위해 파스타를 해주던 기억, 연어를 구워주던 기억, 우리 둘이 같이 바보하자며 손을 꼭 잡던 기억들이 바로 그러하지.

아니 그보다 더욱 힘든 기억은 눈에 보이지도 않는 추상명사인 주제에 물리적 통증이 된다. 심장을 쿡쿡 아프게 해서 가슴을 움켜쥐게 만드는 그건 대체로 내가 당신에게 못되게 굴던 기억. 내가 당신에게 화를 내던 기억. 내가 당신을 무시하던 기억. 내가 당신에게 "아, 몰라 알아서 해!" 하고 톡톡 쏘던 기억. "그 말을 믿으라고?" 화내던 기억, "넌, 참 예의가 없구나?" 하고 비웃던 기억. 그런 기억들은 나를 오래 아프게 한다.

당신이 나를 아프게 한 이상으로 나도 당신을 아프게 할 수 있다는 예감은 나를 돌아서게 만들었다. 이것이 잘 한 일이길 바란다. 이것이 당신과 나에게 모두 좋은 일이었으면 하고 바란다.

반신욕을 하고 나오자 몸에 힘이 없다. 심지어는 팔도 떨린다. 빈속에 거푸 두 잔 마신 커피 탓인지. 욕조에서 읽은 책의 내용이 어떤 가정의 불화를 다룬 것이라 그런 것인지. 아니면 뜨거운 물의 온도 탓인지. 심장이 가쁘게 뛰고 팔이 후드드 떨린다. 알람을 맞추고 잠시 쉰다. 얼른 점심 챙겨먹고 출근해야 하니 몸이 바라는 만큼 누울 수 없다. 잠시 눈 붙이고 일어나 냉동실 문을 연다. 또띠아 남은 게 한 장 보인다.

버터 녹인 팬에 당근, 양파 채친 것을 볶는다. 계란 물을 부어 굽는다. 단단하게 굽는다고 배웠지만 나는 나무젓가락으로 슥슥 휘저으며 볶는다. 스크램블드에그처럼. 식감이 더 부드럽고 조리법이 더 편해서 좋아하는 방법 중 하나다. 계란볶음을 직사각형으로 모은 다음 그 위에 슬라이스 치즈를 두 장 올린다. 치즈가 녹으면 옆으로 살짝 민다. 또띠아를 팬에 올려 구우면서 구워둔 계란을 안에 넣어 만다. 또띠아가 앞뒤로 노릇노릇해지면 꺼내서 먹으면 된다.

차갑고 씁쓸한 맛이 나던 치즈가 온도를 가해 녹이면 이렇게 고소해진다. 마분지 같아 보이던 또띠아는 노릇노릇 구우면 이렇게 전혀 다른 것이 되어버린다. 상투적인 우리의 쓸쓸함도 따스한 온기로 녹이면 한데 어우러져 풍요로워진다.

너무 늦게 알아버려서 미안해.

감자탕

Regarding the pain of others

타인의 고통은 곧 나의 고통

지난해 초여름 머리카락을 잘랐다. 내게 제법 잘 어울리는 긴 머리를 잘랐다. 이유는 소아암센터에 기증하기 위해서였다. 소아암센터에서는 염색과 펌을 하지 않은 긴 머리를 받아 그걸로 암과 싸우고 있는 아이들을 위한 가발을 만든다. 나는 염색도 펌도 하지 않은 상태로 3년을 길렀다. 그렇게라도 해야 마음이 편할 것 같았다. 작고 어린 아이들이 암을 앓고 있다는 것을 내 눈으로 직접 봤기 때문이다. 텔레비전에 나오는, 나와 상관없는 불쌍한 사람들의 슬픈 사연이 아니라, 바로 곁의 이웃에게 일어나는 일이라는 걸, 아니 어쩌면 내게도 일어날 수 있는 일이라는 것을 체감했기 때문이다. 타인의 고통은 타인의 고통이 아니다. 타인의 슬픔은 타인만의 슬픔이 아니다. 우리는 서로에게 타인이고, 또 그러므로 타인인 우리는 얼마든지 슬픔과 고통의 주체가 될 수 있다. 얼마든지 우리는 결손가정이라 불리는 가정에 속하게 될 수도 있고, 빈곤층, 소외계층이라 불리는 층에 속할 수도 있는 것이다. 이런 상상은 끔찍하지만, 내가 어느 날 교통사고가 나서 죽는다면 우리 아이들은 당장에 밥벌이에 나설 수밖에 없는 고아가 될 수 있는 것이다. 고기 집에서 우연히 만나는 어린 고등학생 알바가 내 아들이 될 수 있다는 것을 나는 통감한다. 아프게 통감한다. (사실 준서도 언젠가 고기 집에서 알바를 한 적이 있다. 그리고 지금은 주유소에서 일하고 있다.)

준혁이는 생후 10개월 때 가와사키라는 병을 앓았다. 40도라는 열이 열흘간 떨어지지 않았다. 각기 다른 종류의 해열제들을 두 시간 간격으로 썼다. 해열제를 최대치로 투여할 수 있는 방법이었던 것이다. 수액을 맞는 아이는 끙끙 앓으며 달아올랐다. 아이가 정신을 잃은 것은 아닌가 하고 걱정이 될 정도로 아이는 축 늘어져 잠만 잤다. 더욱 문제는 입원하고 며칠이 지나도 병명이 나오지 않았다. 열이 왜 솟구치는지, 아이의 병명이 무엇인지 알지 못한 채 입원 기간은 늘어갔다. 혈관을 찾는다고 바늘로 아이를 찌르고, 피검사를 한다고 아이를 다시 바늘로 찔러 피를 뽑는 일은 가혹하고 참혹했다. 입원한 지 며칠이 지나

병원에서는 혹시 뇌수막염이 아닌지 척수액을 뽑아보겠다고 했다. 뇌수막염인 아이들이 고개를 뒤로 젖히고 잔다는 것이었다. 준혁이는 업으면 뒤로 젖히고 자던 적이 있어서 설마 뇌수막염일까, 반대하고 싶었지만, 만에 하나 뇌수막염인데 제때 약을 못 쓰는 불상사가 생길까봐 강력히 거부하는 마음을 누른채 아이를 처치실에 맡길 수밖에 없었다. 혹시 아이가 잘못될까 불안에 떠는 어미에게 특진 의사의 권유를 거절할 무슨 논리가 있었겠는가.

준혁이는 새우처럼 등을 구부려야 했다. 아니 아이라고 할 수도 없는 태어난 지 딱 10개월이 된 작고 약한 아가가 바로 준혁이었다. 나는 휘청거렸다. 처치실에서 내쫓기고 똑바로 서 있을 수 없어 복도에 쪼그리고 앉아 울었다. 내 울음 저 너머에서 순하디 순한, 울고 떼쓸 줄 모르고 끙끙 앓기만 하던 내 새끼의 비명 섞인 울음소리가 들려왔다. 정신없이 울고 있는 내게 한 간호사가 다가왔다. 이 복도 끝에는 소아암 병동이 있어요. 그곳 엄마들은 울지도 못해요. 두툼한 손을 내 어깨에 얹는가 싶던 간호사는 잠시 나를 한 팔로 감싸줬다. 충격적이었다. 바로 이 복도만 건너면 거긴 같은 소아병동이 아니었다. 소아암 병동이었다. 저 복도 끝에서 왔다 갔다 하는 엄마들이 몇 보였다. 울지도 못한다는 창백한 새댁들. 그들의 고통은 내 고통에서 불과 몇 발짝 멀지 않은 곳에 있었다. 준혁이는 병명이 가와사키로 밝혀져서 심장에 혹시 합병증이 오지 않는지 수면제를 먹인 후 초음파 검사도 했었고, 면역글로블린 치료를 받아 한동안 예방접종 날짜가 꼬이기도 했었다. 한참 사람과의 신뢰를 쌓아갈 무렵 낯선 이들이 와서 바늘로 찌르고 피를 뽑고 했기 때문인지, 준혁이는 사람과 눈을 맞추지 않는 아이로 자랐다. 또 퇴원 후 뒤집기, 배밀이, 잡고 일어서기 등의 신생아로 부터의 모든 과정을 처음부터 다시 시작했다. 그간의 모든 발달 과정이 원점으로 되돌아간 거였다. 준혁이는 가와사키라는 병 때문에 고생을 많이 했다. 앓기 전에 아이를 데리고 나가면 그 포동포동하고 환한 웃음 때문에 탐난다는 말이 무슨 뜻인지 알겠다는 소리, 아기 도둑이 왜 생기는지 알겠다. 소리 까지 듣게 한 아이였지만, 깡마르고, 잘 웃지 않고 잘 찡그리는 아이로 자랐다. 아직도 그 영향이 준혁이의 무의식중에 남아 있을 것이라고 생각한다. 가와사키를 앓은후 긍정적인 변화도 하나 있는데 이 아이는 잘 아프지 않는 아이로 자라났다. 이 아이는 셋 중에서 혹은 내가 가르치는 모든 학생 중에서, 감기나 장염 같은 흔한 질병을 가장 앓지 않는 아이니까 말이다.

그러나 이일 저일을 떠나, 가장 무서운 건 병명을 알지 못한다는 것, 그러나 그것보다 더 무서운 것은 병명을 알고 나면, 그 병명이 너무 거대한 바위와 같아서 달걀을 던져보기도 전에 주저앉게 된다는 것이 아니겠는가.

암을 앓고 있는 어린 아이들에게는 늘 빚진 마음이 든다. 그건 아마도 내가 잘못해서일 거라고, 우리 어른들이 잘 못해서일 거라고. 원전을 만들고, 스티로폼에 음식을 담아 팔고, 화학약품이 섞인 물을 마시고, 화학세제가 섞인 음식찌꺼기를 먹은 돼지들을 우리가 먹고, 중금속이 잔뜩 섞인 공기를 마셔서 너희가 아픈 것일 거라고, 우리가 스트레스 받은 걸 제대로 잘 풀지 못한 것이 가장 깨끗하고 천사 같은 너희에게 이슬처럼 맺힌 것일지도 모를 일이라고, 미안하다고 사과하고 싶다.

비록 처음으로 딱 한번 머리카락을 잘라서 보내봤지만, 대단히 큰일을 한 듯 보람이 있다. 가발로 만들기 아주 좋은 건강한 인모라고 미용실에서 칭찬도 해주셨다. 다음에도 기회가 된다면 내 머리카락을 한 번 더 보내고 싶다. 새치가 올라오기 전에. 염색해야 하는 나이가 오기 전에 말이다.

준혁이는 다른 아이들과 달리 치킨을 별로 좋아하지 않고, 또 외식을 좋아하지 않는다. 준혁이가 좋아하는 건 오로지 엄마가 해 주는 밥이다. 밥이랑 김치만 먹어도 집밥이 최고라고 말하는 아이이다. 준혁이는 그중에서도 감자탕을 참 좋아한다. 오늘은 그걸 해줄까 한다. 돼지등뼈를 사서 자기 전에 미리 맑은 물에 담가두면 다음날 아침엔 핏물이 빠져 있다. 그걸 버리고 다시 한 번 씻은 돼지등뼈에 된장, 월계수 잎, 통마늘, 통양파를 넣고 팍

팍 끓인다. 한 20분을 끓이고 난 후 월계수 잎, 마늘과 양파를 건어내고, 엄마가 준 묵은지가 있으면 그걸 넣고 그게 없으면, 감자와 시래기 혹은 배추를 넣고 다시 양념을 해서 끓인다. 한 시간 정도 끓이면 뼈에서 고기가 뚝뚝 분리될 정도로 부드럽게 익는다. 재료비가 무척 싸서 마음까지 든든하게 아주 푸짐하게 먹을 수 있다. 마지막으로 등뼈에서 우러난 성분이 우리 아이들 등뼈를 튼튼하게 해주었으면 좋겠다는 마음을 한 방울 넣으면 더욱 맛난 감자탕이 완성된다.

또래보다 순박하고 그래서 그 장점이 단점이 되어 한 번씩 내 속을 뒤집어놓지만 그래도 나는 속 깊고 착한 준혁이가 참 고맙다. 저녁에 잠시 장을 보러 나오면 준혁이에게서 "차 조심하세요!" 이런 문자가 날아온다. "내가 무거운 걸 들어야 하면, 제가 도와드릴게요" 말한다.

웅진케미컬에서 하는 어린이날 행사가 있었다. 나는 그 기업에 다니는 가족이 없지만 후배의 초대로 아이들과 함께 놀러 갔다. 프로그램 중에 장기자랑 순서가 있었다. 여기에 준혁이가 나가서 20만 원짜리 백화점 상품권을 타왔다. 다른 아이들은 모두 아이돌의 댄스뮤직을 틀어놓고 댄스댄스 신나게 춤추는데, 준혁이 순서가 되자 녀석은 『명심보감』 「효행」 편을 암송했다. 보는 사람들이 다 깜짝 놀랐다. 내가 봐도 참 특이한 녀석이다. 유치원 원장님이 부모님께 존댓말 써야 한다고 말씀하셨기 때문에 유치원 이후로 중학생이 된 지금까지 항상 내게 존댓말을 쓰는 녀석. 그래서 동생도 따라서 존댓말을 쓰게 만든 녀석. 누가 보면 가정교육 굉장히 잘 시키는 엄마를 둔 것처럼 보이게 하는 재주가 있는 녀석. (나는 그런 쪽으로는 참 거리가 멀다.) 조립하는 것과 체스를 좋아하고, 좀 늙은(?) 지금도 여전히 궁금한 게 많은 아이이다. 참 순수한 녀석이다. 아마 내 아들이 아니라도 나는 녀석을 참 좋아했을 것이다.

조용하고, 조용해서 나를 귀찮게 하지 않는 준혁이는 어쩌면 세상에서 가장 완벽한 둘째가 아닐지. 그리고 돌아보면 가장 미안한 아이가 아닐지. 가장 은근한 불로 나를 조용히, 그리고 오랫동안 데워주는 사랑이 아닐지.

양미리 조림

we know what we're made of

우리는 알지요, 우리가 어떤 사람인지

내 어린 시절 중 가장 서러웠던 시기를 꼽으라면 아무래도 엄마가 우리 곁을 잠시 떠났던, 아니 떠나야만 했던 초등학교 4학년 때가 아니었을까 한다.

아버지가 교통사고를 당해서 근 2년간 입원해 계셨는데 엄마가 병원에서 간호를 하셨던 것이다. 아버지는 영주 순천향병원에 입원하셨고, 우리 자매는 봉화 할머니 댁에 있었다. 다리 한쪽이 네 등분 난 아버지는 운신이 불가능했다. 어머니는 대소변을 받아내며 아버지를 간호할 수밖에 없었다. 장성한 아들의 간호를 노모에게 차마 맡길 수 없어 엄마가 병원의 그 작고 딱딱한

간이침대에서 먹고 자고 하셨던 것이다. 할머니께 아버지의 간호를 두 눈 딱 감고 맡겨버리고, 엄마는 우리를 돌봤어야 했다고 그 시절을 떠 올릴 때면 매번 말씀하신다. 시가에 맡겨진 초등학교 11살, 9살, 5살의 아들도 못 되는 딸들이 얼마나 눈에 밟히셨을까. 내가 엄마의 입장이 되니 이해가 된다. 게다가 늘 1등을 하던 내가 그 이후부터 성적이 나빠졌다고 또 속상해하신다. 하긴 내가 초등학교 4학년 때까지 수학경시대회도 나갔던 수학신동인데. 흠흠. 수능 수리영역에선 40점 만점에 12점을 받았으니, 그건 순전히 중요한 초등학교 4학년 시절 부모의 공백 탓이겠다. 내 탓 전혀 아니다.

사실, 그때가 중요한 때였다면, 수학이 어려워지기 시작해서 중요했던 게 아니라 내 젖가슴이 막 생기기 시작한 때여서 중요한 시기였다. 그때는 서울에서 전학 온 남학생을 좋아하게 된 막 사춘기가 시작되던 시기였다. 나보다 두 살 어린 동생이 남자애처럼 논다고 할머니께 자꾸 혼이 났고, 다섯 살짜리 막내 동생이 늘 기죽어 있었고, 자꾸만 별 것 아닌 일로 울어서 중요한 시기였다.

엄마랑 살던 더 어린 시절에도 책 읽는데, 시계 소리 방해 된다고 벽시계를 떼서 장롱 속에 넣어두고 책을 읽을 정도로 예민한 나였다. 갓 사춘기를 시작한 소녀는 또 얼마나 예민하고 신경질적이었을지. 생각만 해도 식은땀이 흐를 정도로 민망하다. 아이들과 놀다가 친구의 별 것 아닌 한마디에 울음이 툭 터져 엉엉 울기도 하고, (친구가 얼마나 당황하던지!) 누군가를 열렬히 질투도 하고, 또 다른 누군가를 혐오해서 그 애가 저 멀리서 보이면 길을 빙 돌아 집에 가곤 했던 시절이었다.

그해 겨울, 나는 이 겨울 지나면 5학년이 되는구나, 하는 생각을 조금 했겠다. 한켠 쓸쓸하기도 하고 한켠 기쁘기도 했겠다. 하지만 동생들이랑 노는 것보다 친구들과 노는데 그 어느 때보다 열을 올리던 해의 겨울이기도 했다.

그날, 교정의 플라타너스는 그 무성하던 잎사귀가 하나도 없이 제자리에 서 있었다. 해가 기울어가며 코끝이 더욱 시린 저녁 시간이 되었다. 친구들의 엄마가 하나둘 아이 이름을 부르며 나타났다. 주경아, 저녁 먹자, 지혜야 저녁 먹자, 하는 다정하고 무심한 소리가 교문 앞에서 들리기 시작한다. 나도 이제 집에 가야지 하고 생각하던 때였다. 저 멀리서, "혜선아!" 하고 크게 부르는 소리가 들렸다. 엄마 목소리였다. 아니 엄마가! 나는 두 눈을 비비는 게 아니라 두 귀를 비벼야 했다. 그동안 우리는 어쩌다 한번, 정말 어쩌다 한번 아빠가 있는 병원으로 가야지만 엄마를 볼 수 있었다. 그 긴 기간 세 번 정도밖에 병원에 가지 못한 듯하다. 운전을 하던 아빠가 다쳐 누워 있고, 엄마는 환자 곁을 지켜야 했으니, 할머니가 큰 맘 먹고 한 번씩 갈 때 우리를 데리고 가셨던 것이 전부였다. 그런데, 엄마 목소리라니! 믿기 힘들었다. 세상에, 정말 우리 엄마였다! 나는 있는 힘껏 달려가 엄마 품에 안겼다. 그리고 엄마 품에 안기자마자, 엉엉 울었다.

엄마가 "너 무슨 일 있구나? 친구랑 싸웠어?" 하고 대뜸 물었다. 울다 말고, "와, 어떻게 알았어?" 하고 깜짝 놀라며 물었다. 엄마는 눈물을 닦아주며 씩 웃었다. 나도 씩, 웃음이 나왔다. 나를 보고 웃던 엄마가 내 옷을 보고 한마디 하셨다. "아이구~ 날이 쌀쌀한지도 모르고 이걸 입었네?" 그 때야 나는 내 옷을 내려다 봤다. 나는 오버코트를 입고 있었는데, 짧은 코트 밑으로 푸른 원피스가 삐죽이 나와 있었다. 면 직물로 된 옷이었는데, 푸른색이었고 어깨에 프릴이 있던 옷이었다. 나는 그 옷을 색깔 때문에 참 좋아했고, 좋아하는 옷이라 그날 입고 나왔을 뿐이었는데, 철을 몰랐던 거다. 그 옷은 봄가을에 입어야 하는 옷이었다. 시계소리에조차 예민하던 소녀여. 누군가의 겨드랑이가 터진 옷을 보고 연민으로 시작해, 사랑에 빠졌던 소녀여. 소녀는 어찌하여 철을 모르고 가을 옷을 겨울에 입고 나왔던가.

추위를 못 느꼈던 것일까? 할머니가 무슨 옷을 입든 신경을 쓰지 않았던 것일까? 팔에 오소소 소름이 돋으면서도 꾹 참았던 것일까? 할머니가 말렸는데도 말을 듣지 않았던 것일까? 여러 가지 이유를 짐작해보지만 역시 모를 일이다. 다만, 그 옷의 푸른색과 엄마를 보자마자 펑펑 운 기억은 사진처럼 선명하다. 그날 저녁 엄마가 해준 음식도 선명하다. 엄마는 그날 양미리 조림을 해주셨다. 양미리라니, 그 이름이 좀 웃겨서 우리나라 생선이 아닌 것도 같지만, (그렇다면 어느 나라 생선이란 말이더냐.) 겨울날 봉화에서는 흔히 먹던 음식이었다. 처마 밑에 새끼 끈 꿰어 매달려 있던 양미리 한 두릅은 겨울의 흔한 풍경이었다. 엄마의 요리 비법은 다 익을 때까지 뚜껑을 열지 않는다는 것. 다 익기 전에 방정맞게 뚜껑을 자주 열어 맛난 김이 빠져 나가지 않게 한다는 데 있다. 양미리와 무를 다 익을 때까지 팍팍 믿어준다는 데에 있다. 무를 나박나박 썰어 냄비에 깔고 양미리와 양념장을 넣고 푹푹 끓인다. 양념장으로는 고춧가루, 마늘, 간장, 후추, 청주, 설탕을 섞어서 준비하면 된다. 냄비가 들썩거리면 고추와 대파 썬 것을 넣고 조금 더 끓인다. 다시 한 번 끓어오르면, 불을 끄고 조금 뜸을 들인 후에 상에 낸다. 그 맛이란. 엄마 아닌 다른 누가 절대 흉내낼 수 없는 솔직 담백한 맛이다. 넉넉하고 편안한 맛이다. 어쩜 음식의 맛이 그토록 꾸밈이 없고 편안할 수가 있는지.

나는 꿈이 박탈당한 유년기와 강요된 결혼으로 인해 회한이 서린 한 여인의 전폭적인 사랑과 희망을 먹고 자랐다. 가난하고 가난하던 시절, 수입이 끊기고, 남편마저 아파 누워 아이들을 모두 시가에 떼어놓고 남몰래 눈물지었을 여인의 사랑 말이다.

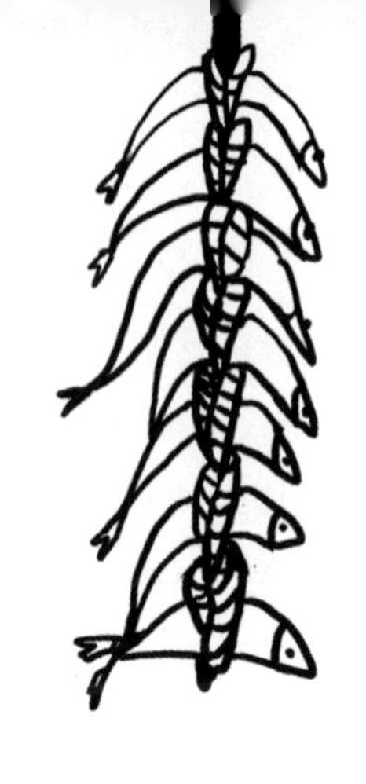

아이를 키워보니 내게 부족한 것은 다름 아닌 귀를 기울이는 태도라는 것을 알겠다. 있는 모습 그대로 팍팍 믿고 존중하는 마음이라는 것을 알겠다. 육아 정보나 입시 정보 혹은 탄탄한 경제력이 아니란 것을 잘 알겠다. 그 생각을 하면 늘 부끄럽다. 늘 숨고 싶다. 나는 지금 그 시절의 엄마보다 가진 게 많은데 아이들을 잘 못 기르고 있는 것 같아 부모님께도 아이들에게도 부끄럽고 미안하다.

지금도 가만히 생각하면, 마른 팔다리에 긴 손과 긴 발을 가진 까무잡잡한 소녀 하나가 얇고 푸른 원피스를 입고 있는 모습이 떠오른다. 소녀와 나는 알고 있지, 우리가 무엇으로 되어 있는지. 우리가 아무도 아닌 사람에서 누군가가 될 수 있는 순간을 그때부터 간직하고 있었다는 것을. 누군가의 이유 없는 믿음이 내가 나일 수 있게 하는 힘을 간직하게 해주었다는 것을, 누군가 네가 어떤 사람이라고 치켜세워주거나 인정해주지 않아도 우리는 이미 우리가 어떤 사람이라는 것을 잘 알고 있지.

편안한 밥을 당연하다는 생각도 못하도록 당연하게, 상에 내오던 어머니가 당연한 내 가족이라는 것이, 내가 무슨 선택을 하건 늘 응원하는 동생들과, 무뚝뚝하지만 결국엔 나를 도와주시는 아버지가 계시다는 것이 내게 어떤 의미인지 나는 잘 알고 있다. 내가 무엇으로 만들어져 있는 누구인지 잘 알기에 오늘의 부끄러움을 생각하고, 앞으로 어떻게 살아야 할지 생각하고 생각하게 되는 것이다.

밥을 기억하는 책

1판 1쇄 2019년 1월 14일
개정판1쇄 2020년 12월 21일

지은이 윤혜선
펴낸이 강성민
편집장 이은혜
편 집 강성민
마케팅 정민호 김도윤
홍보 김희숙 김상만 김현지

펴낸곳 (주)글항아리 | 출판등록 2009년 1월 19일 제406-2009-000002호

주소 10881 경기도 파주시 회동길 210
전자우편 bookpot@hanmail.net
전화번호 031-955-8891(마케팅) 031-955-1936(편집부)
팩스 031-955-2557

ISBN 978-89-6735-849-5 03800

에쎄는 (주)글항아리의 브랜드입니다.

이 도서의 국립중앙도서관 출판예정도서목록(CIP)은 서지정보유통지원시스템 홈페이지(http://seoji.nl.go.kr)와 국가자료종합목록시스템(http://www.nl.go.kr/kolisnet)에서 이용하실 수 있습니다.
(CIP제어번호 : CIP2020050292)